KB004740

조지 오웰의 길

Sur les traces de George Orwell
by Adrien Jaulmes

Copyright ⓒ Editions des Equateurs / Humensis, 2019
Korean Translation Copyright ⓒ Mujintree, 2020
All rights reserved.

This Korean edition was published by arrangement with Editions des
Equateurs (Paris) through Bestun Korea Agency Co., Seoul.

이 책의 한국어판 저작권은 베스툰 코리아 에이전시를 통해 저작권자와 독점 계약한
(주)뮤진트리에 있습니다. 저작권법에 의해 한국 내에서 보호를 받는 저작물이므로
무단전재와 무단복제를 금합니다.

Sur les traces de

George Orwell

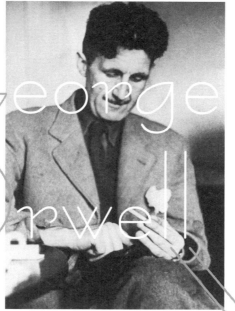

아드리앙 졸므 지음 | 김병욱 옮김

mufintree
뮤진트리

# 조지 오웰의 길

M에게

차
례

▪ 일러두기

- 이 책은 Adrien Jaulmes의 《Sur les traces de George Orwell》 (Equateurs, 2019)을 우리말로 옮긴 것이다.
- 책 제목은 《 》, 신문·잡지·영화 제목은 〈 〉로 표기했다.
- 옮긴이 주는 본문 하단에 '—옮긴이'로 표기했다.

# 조지 오웰, 이 시대의 영웅

2003년 봄 사담 후세인이 이끌던 이라크가 미국 원정대의 공격으로 무너지던 당시, 바그다드에 살고 있던 친구 에마드 Q.가《동물농장Animal Farm》한 권을 가져다 달라고 부탁했다. 나는 영어 선생인 그가 이 20세기 문학의 고전을 읽어본 적이 없다는 사실을 알고 놀라움을 금치 못했다. 이라크에서 금서가 된 책, 전체주의에 대한 이 우화의 아랍어판을 나는 요르단의 암만에서 구할 수 있었다. 책을 읽고 나서 그가 나에게 말했다. "우리가 사담 후세인 치하에서 내내 겪은 일이 바로 이거야." 그 말을 듣고 나는 생전에 한 번도 중동에 발을 들여놓은 적이 없는 사람, 게다가 이미 수십 년 전에 사망한 사람이 어떻게 이 시대 아랍의 독재 치하에서 사는 사람에게 그토록 많은 것을 시사해주는 책을 쓸 수 있었을까 하는 생각이 절로 들었다.

그 몇 년 뒤인 2007년 미얀마[1]에서 불교 승려들이 군부정권에 대항해 들고 일어났을 때, 나는 다시 오웰을 만났다. 그가 80년 전에 쓴 소설《버마 시절Burmese Days》에는 식민 체제의 폭력성과 그 체제가 버마 사회에 끼친 영향이 적나라하게 묘사되어 있었다. 그는 그 나라 주민들의 표면적인 친절과 미소 뒤에 어떤 트라우마가 숨겨져 있는지 이미 느끼고 있었다.

2017년 가을, 카탈루냐는 독립에 대한 찬반 투표로 촉발된 정치적 위기를 겪었다. 그때 사람들은 오웰이 《카탈루냐 찬가Homage to Catalonia》에서 묘사한 끔찍

---

1) 동남아시아의 인도차이나 반도와 인도 대륙 사이에 있는 나라. 1948년 영국으로부터 독립하면서 국호를 '버마연방'이라고 칭했다가 1989년 '미얀마연방'으로, 2010년 다시 '미얀마연방공화국'으로 바꾸었다─옮긴이.

한 내전의 상처가 다시 벌어지는 것을 볼 수 있었다.

중국은 2018년에 자국 영토 안에 1억 7000만 개가 넘는 감시 카메라를 설치해두고 있었다. 지금은 안면 인식 외에 일종의 '사회 신용 시스템'이 구축되고 있다. 이 시스템은 인민들의 생활 전 영역에서 정보를 수집하여 '착한' 인민에겐 상을 주고 '나쁜' 인민은 처벌할 수 있게 해줄 것이다. 빅 브라더가 중국 전역에 퍼져나가고 있으나 아무도 이에 충격을 받지 않는 것 같다.

이듬해 봄 〈르 피가로〉가 나에게 연재 르포르타주의 소재가 될 만한 문인을 한 명 찾아봐달라고 요청했을 때, 나는 이 독특한 작가를 떠올렸다. 그리고 그의 삶의 이정표가 된 장소들을 찾아 길을 떠났다.

조지 오웰의 발자취를 찾아간다는 건 의외의 생각으로 여겨질 수 있다. 오웰은 먼 나라들을 발견하려고 세상을 돌아다닌 여행 작가가 아니기 때문이다. 사실은 정반대다. 그는 버마에서 식민지 경찰로 몇 년을 보냈고, 프랑스에서는 이곳저곳 살펴보려 돌아다닐 여유가 없을 만큼 가난한 상태로 단기간 체류했으며, 그후 스페인 내전에 참전했다.

그게 전부다. 그는 거의 영국에서 집안에 틀어박혀 담배를 입에 문 채 타자기 앞에서 대부분의 시간을 보내다가, 결핵에 대한 현대식 치료법이 발견되기 직전 결핵으로 때 이른 죽음을 맞이했다. 1930년대와 1940년대에는 저널리스트로 일했으나 히틀러의 독일, 무솔리니의 이탈리아, 스탈린의 소련을 한 번도 방문한 적이 없다. 그런 체제의 은밀한 원동력을 놀랍도록 날카롭게 서술해냈으면서도 말이다.

하지만 그의 삶은 그의 지적 형성의 각 단계들을 이루며 그의 작품과 직접적으로 연관된다. 오웰은 종종 공상과학소설 작가나 픽션 작가로 분류되지만, 사실은 현실세계를 날카롭게 관찰한 사람이다. 그가 살았던 장소들을 방문하고 그 시대의 맥락을 재구성해보면 그의 사상이 구축된 방식을 놀랍도록 내밀하게 이해하게 된다.

사실 오웰은 흔히 만나보기 힘든 지식인이었다. 이

론이나 보편적인 생각에 이끌리지 않고 견해를 세우기 전에 주어진 상황을 직접 경험하고자 하는 그의 신체적 욕구가 그를 남다른 사상가로 만들었다. 그의 정치적 앙가주망은 책상머리나 독서에서 나온 것이 아니라, 거의 모두 개인적 경험에서 비롯된 것이었다. 영국 엘리트 계급의 보루인 이튼 칼리지에서 제국주의의 수족으로 일했던 버마, 맨체스터와 파리의 빈민굴, 스페인 내전의 전선과 스페인 공화국 내의 골육상쟁이 펼쳐진 바르셀로나를 거쳐, 마지막 남은 힘을 《1984년Nineteen Eighty-Four》 집필에 쏟은 스코틀랜드 주라 섬에 이르기까지 오웰의 발자취를 따라가보면 우리는 그의 삶과 경험이 그의 작품에 얼마나 영감을 주고 부단히 자양분을 제공했는지 알게 된다.

식민지 경찰로 일한 경험은 그를 맹렬한 반反식민주의자로 만들었고, 파리와 런던의 빈민굴에서 한 비참한 떠돌이 생활과 맨체스터 광산촌 탐사는 그를 사회주의로 이끌었다. 스페인 내전 때 의용군에 지원한 그는 열혈 반파시스트로 남지만, 공산당과 그 동조자들의 전체주의에도 반대했다.

몸소 겪은 이런 경험에 거의 폭력적이기까지 한 철저한 정직성이 수반되는데, 그래서 그의 글은 가장 오래된 것들까지도 그 힘을 고스란히 간직하고 있다. 이 점은 그의 분명하고 직접적인 문체와 더불어 그의 작품을 지금도 여전히 잘 읽히는 현대적인 작품으로 만드는 이유 중 하나다. 그가 죽은 지 반세기도 더 지났고, 1930년대 이후 세상이 상당히 많이 변했음에도 불구하고 말이다.

오웰은 사람들이 흔히 말하는 예언적 작가가 아니다. 그는 모든 것을 예견하지 못했으며 매번 틀리기까지 했다. 하지만 당면한 사태를 온 힘을 다해 이념을 통해서가 아니라 있는 그대로 바라보고자 했다. 게다가 날카로운 통찰력을 지녔던 이 관찰자가 냉소주의자나 차갑고 무심한 분석가가 아니라, 시종일관 현실에 최대한 열중하고자 했던 증인이라는 사실은 더욱더 주목할 만하다.

제국주의와 식민주의에 대한 그의 고발은 그가 그런

체제를 속속들이 아는 사람이기에 더욱더 호소력이 있다. 그의 고발에는 이따금 지식인들이 식민지의 피지배자들에게 가지는 약간은 시건방진 감상주의가 절대 수반되지 않는다.

오웰이 가난과 자본주의의 부당함을 고발할 때 그 현상을 정확히 묘사할 수 있었던 것은 그것들의 영향을 개인적으로, 신체적으로 느껴보았기 때문이다. 가난한 사람들이 그들을 돕고자 하는 이들에게 표하는 감사에 대해서도 그는 환상을 품지 않는다.

스페인 내전에 참전한 일도 그를 동시대의 사상가들과 다른 예외적인 인물로 만든다. 1936년에 그가 바르셀로나로 떠난 것은, 어찌 보면 1990년대의 서구 지식인이 텔레비전 스튜디오를 떠나 세르비아인들과 싸우러 사라예보로 가거나 2010년대의 지식인이 이슬람국가IS와 싸우러 이라크나 시리아로 가는 것과 유사하다. 그는 그 경험에서 전쟁의 실상과 앙가주망의 중요성에 대한 깊은 이해를 끌어낸다. 평화주의자들에 대한 혐오("칼을 뽑는 자는 칼에 죽지만, 칼을 뽑지 않는 자들은 역겨운 질병으로 죽는다.") 역시 그를 예외적인 인물로 만든다.

그의 태도에는 천진함을 잃어버린 개인들에 대한 호기심과 동정과 관심이 기묘하게 혼합되어 있다. 그는 코앞에 놓인 것을 보기 위해서도 끊임없이 노력해야 한다고 거듭해서 말한다.

지식인들이 종종 애착을 느끼는 거창한 이론이나 보편적 관념에 대한 불신과 날카로운 관찰 감각의 결합에서 탄생한 그의 능력, 즉 선입견이나 이데올로기, 특히 자신이 속한 진영의 이데올로기에 저항하는 능력은 그를 예외적인 개인으로 만들었다. 오웰은 그리스도적인 어떤 것을 내면에 지닌 사람이었다. 그는 기존의 질서를 뒤흔든다. 우파에게 양심의 가책을 느끼게 하지만, 국제주의 좌파에게도 오직 나라와 문화 속에서만, 어떤 사회적 틀 안에서만 자유가 있을 수 있다는 점을 상기시킨다. 반파시즘도 그를 맹목적인 사람으로 만들지 않아서, 자신들 진영에 전체주의적 방식을 적용해 대의를 저버리는 공산주의자들에 대한 고발도 서슴지 않는다. 어찌 보면 그에게는 《동물농장》에 등장하는 당나귀 벤야민 같은 데가 있다. 나폴레옹과 스퀼러가 내리는 결정들을 곳간 바닥에서 촌평하는, 양식을 지닌 회의적인 당나귀 말이다.

나는 조지 오웰의 삶의 주요 사건들이 전개된 장소들을 찾아가보고, 그 장소들이 그의 작가 이력에서 얼마나 창조적인 역할을 했는지 알게 되었다. 그의 정확한 묘사와 세부 사실을 보는 눈, 자신이 관찰하는 사건들과 그 사건들이 인간에게 미치는 결과에 대한 이해력은 그를 반드시 읽고 또 읽어야 할 저자로 만든다.

# 1. 이튼 칼리지 학생으로

한 청소년이 주변에서 벌어지는 일에는 전혀 관심이 없다는 듯, 이 시대 보행자의 전형적인 자세로 고개를 숙이고 휴대전화만 들여다보며 거리를 올라가고 있다. 그를 현대세계와 연결해주는 것은 그 스마트폰뿐이다. 그의 옷차림은 다른 시대에 속한다. 검은 조끼에 줄무늬 바지, 풀 먹인 하얀 셔츠, 빳빳한 칼라에 흰 넥타이 등 바스크 스타일의 옷차림을 한 그는 마치 시대극에 출연하는 단역배우 같다.

　다른 곳이었다면 해괴망측하게 여겨질 이 옷차림이

템스 강 서쪽 50킬로미터 지점에 있는 이 작은 전원 마을 이튼 로路에서는 사람들의 주의를 별로 끌지 않는다.

같은 옷차림을 한 청소년 두 명이 열심히 대화를 나누며 골목에서 튀어나온다. 곧이어 성장盛裝을 한 청소년 오케스트라 단원 같은 혹은 거대한 빙산에서 빠져나온 펭귄 무리 같은 청소년 한 무리가 모습을 나타낸다. 이제 거리는 겨드랑이에 책과 노트를 끼고 즐거운 표정으로 걸어가는 100여 명의 검은 옷 차림 청소년들로 가득 차 있다.

이튼 칼리지 학생들은 1820년 조지 3세의 서거 이후부터 그런 옷차림을 하는 것이 전통이었다고 하나, 분명 엉터리 정보일 것이다. 사실 학생들이 현재의 교복을 착용하기 시작한 것은 20세기 초부터다. 2차 세계대전 때 방독면 착용을 방해하는 실크해트를 쓰지 않게 조치한 것이 마지막 변화다.

그밖에도 영국의 모든 칼리지 중에서 가장 오래되고 가장 엘리트적인 이 칼리지는 모든 전통을, 극히 괴상한 전통까지도 정성을 다해 가꾼다. 개중에는 헨리 6세가 가난한 학생들을 교육하기 위해 윈저궁 성채 옆에 이 칼리지를 설립한 1440년 당시까지 거슬러 올라가는 전통들도 있다. 거의 6세기가 지난 지금도 여전히 국왕이 교장을 임명하며, 장학생으로 입학한 70명의 학생에게는 영국 왕실이 장학금을 지급한다.

이 장학생들, 즉 '칼리저Colleger'만 이튼 칼리지 내의 건물에서 기숙할 수 있다. 1000명이 넘는 다른 학생들은 학교 바깥 시내에서 생활하는 교외 기숙생, 즉 '오피던Oppidan'이다. 이들은 대개 부유한 집안의 자제들로 자비로 등록금(현재 1년에 약 3만 2000파운드, 유로화로 환산하면 3만 5000유로에 이른다)을 내고, 칼리저들을 지식인 취급하며 조롱한다. 대신 칼리저들은 다수 속의 소수에 속하는 명예를 누리기도 한다. 즉 이름 옆에 'KS(King's Scholar, 왕의 장학생)'라는 문구를 넣을 수 있는 특권을 누린다.

이튼 칼리지 문서보관소에 들어가려면, 튜더 왕조 양식의 한 석조 건물에 따로 마련된 작은 방에서 특별

허가를 받아야 한다. 허락을 받은 뒤 손을 씻고 가방과 펜 등을 휴대품 보관소에 맡기고 보관소 안으로 들어가면 이 학교를 거쳐 간 모든 학생의 이름이 기록된 두꺼운 가죽 장정 책을 조회해볼 수 있다. 1917년도 학생 명단에 '에릭 블레어, KS'라는 문구가 거위 깃털 펜으로 적혀 있다.

장차 조지 오웰이 될 이 학생은 모두가 받고 싶어하는 왕실 장학금을 받은 '칼리저'다. 그는 1차 세계대전이 한창이던 때에 이튼에 도착했다. 이미 수백 명의 졸업생이 플랑드르와 솜의 참호 속에 파묻힌 뒤다. 그 학생들의 이름은 학교 입구 아케이드 아래에 있는 기념비에 기록되어 있다. 2차 세계대전 때 사망한 학생들의 이름이 거기에 덧붙여졌는데, 그것은 엘리트가 누리는 특권에 조국을 위해 최전선으로 가서 싸워야 하는 의무가 뒤따랐던 시대의 추억이다. 30명이 넘는 '올드 이토니언(Old Etonian, 이튼 칼리지 졸업생)'이 영국 훈장 서열 최상위에 있는 '빅토리아 십자훈장'을 받았다 (대부분이 사후 추서였다).

입구에는 더 오래된 기념물도 있다. 1855년에 크림 반도에서 탈취한 러시아군 대포로, 빅토리아 여왕이 이 학교에 하사한 선물이다. 중앙 안뜰 한가운데에는 왕홀과 천구를 손에 든 이튼 칼리지 창립자 헨리 6세의 동상이 최근에 페인트칠을 새로 한 철책에 둘러싸여 있다.

덜 엄숙하지만 이에 못지않게 감동적인 다른 벽들에도, 고대 건물의 잔해에 새겨진 이름들처럼 여러 세대의 학생 이름 수백여 개가 수 세기 전부터 깊이 아로새겨져 있다.

이튼은 6세기의 역사를 자랑하는 학교라는 사실 외에도 스무 명이 넘는 총리, 수백 명이 넘는 국회의원과 장관, 수많은 장군과 성직자를 배출한 학교임을 자랑스럽게 여긴다. 존 메이너드 케인스John Maynard Keynes 같은 노벨상 수상자, 시릴 코놀리Cyril Connolly, 이언 플레밍Ian Fleming, 올더스 헉슬리Aldous Huxley 같은 작가, 영화 〈어벤저The Avengers〉에서 투명인간의 목소리 연기를 한 배우 패트릭 맥니Patrick Macnee, 코

만도 출신으로 유명 TV 프로그램에 생존자로 출연한 베어 그릴스Bear Grylls 같은 인물도 이 학교 출신이다.

영국 내에서 이 학교는 매혹과 거부감이 뒤섞인 복합적인 감정을 불러일으킨다. 일부 좌파 정치평론가들은 재앙에 가까운 정치적 성과를 낸 두 명의 정치가 데이비드 캐머런과 보리스 존슨이 이 학교 출신이라는 사실을 들어, 이 학교가 엄청난 특권을 누리면서도 진지한 인물들을 배출하지 못한다고 비판한다. 과거엔 그랬을지 모르나 이제는 그렇지 않다는 것이다. 어느 장군(그도 이튼 출신이다)이 했다는 독설에 따르면, 이튼 졸업생들은 이튼에서 배운 것이 아무것도 없지만 이튼을 알리는 것은 기막히게 잘한다.

이튼 칼리지는 역겨운 속물근성이 영국에서 가장 두드러진 학교이기도 하다('이토니언'들은 스포츠 경기장에서 다른 칼리지 학생들을 만나면, "너희 아버지는 우리 아버지를 위해 일한다"고 노래한다). 모든 상투어가 그렇듯이 이 말도 사실이지만, 어조를 어느 정도는 완화할 필요가 있다. 알렉스 랜턴Alex Renton은 "이튼이 돈만 내면 입학

이 허용되는, 부잣집 아들들만을 위한 학교는 아니"라고 말한다. 교칙 위반으로 퇴학당하긴 했어도 그 역시 이튼 출신이다. 영국 '퍼블릭 스쿨publics school' 체계의 파행을 고발하는 책 《불굴의 정신Stiff Upper Lip》의 저자인 그도 이튼 칼리지에 대해서는 비판을 누그러뜨린다. 그는 이렇게 말한다. "이튼은 입시 경쟁이 치열하고 교육 수준도 매우 높고, 무엇보다 스스로 생각하는 법을 배울 수 있는 학교입니다. 학생이 기성 체제에 잘 봉사하도록 교육하기도 하지만, 독립적인 정신의 소유자들을 상당수 배출하기도 했지요. 아마 이튼 출신이라면 대다수 사람들의 생각과는 다른 생각을 해야겠다는 마음을 품게 될 겁니다. 그런 점에서 조지 오웰은 이 학교의 순수한 산물이라고 할 수 있어요."

에릭 블레어는 1917년에서 1921년까지 이튼에 머물렀다. 열네 살에 입학해 열아홉 살에 졸업했다. 들어갈 때는 남들이 부러워하는 장학금을 받았지만, 입학 후의 성적은 좋지 못했다. 이곳의 학사과정은 대단히 전통적이다. 라틴어, 그리스어, 프랑스어가 주요 과목이다. 오늘날까지 성적표가 보관되어 있지는 않지만, 미래의 조지 오웰이 이튼에서 공부를 열심히 한 것 같지는 않다.

그는 여러 특활반에 가입했는데, '토론debating'반도 그중 하나였다. 배심원 앞에서 공개 토론을 하는 매우 영국적인 이 관습은 영국의 의회 전통에서 유래한다. 교내 잡지 몇 군데에 글을 쓰기도 했는데, 그런 활동들을 통해 무엇보다 가장 엘리트주의적인 클럽의 규약들을 습득했다.

알렉스 랜턴의 설명을 더 들어보자. "인류학적 관점에서 볼 때, 이튼은 부족적 입문入門의 장소라 할 수 있습니다. 신입생은 입학 첫해에 학교의 역사와 교내 25동의 건물 색깔을 외워야 합니다. 그 색깔들을 다 외우고 있는지 확인하고 못 외웠을 경우 처벌하는 역할은 선배들이 맡죠. 그런 것은 집단정신을 함양하기 위한 요식행위일 뿐 쓰임새가 있는 지식이 아닙니다. 입문자 아니고는 통과할 수 없는 테스트를 그런 식으로 만들어내는 거죠. 프리메이슨 비밀 결사에 가입하는 것과 유사합니다. 죽는 날까지 서로를 식별할 수 있는 자기들만의 언어와 규약과 표현을 배우는 거지요. 인류학자들은 모든 집단에서 배제排除에 입각한 그런 의식을 발견합니다."

거의 한 세기가 지났지만 이 학교는 영국 엘리트를 양성하는 기관 중 하나로 건재하다. 소설 《해리포터》(저자 J. K. 롤링은 이 이튼 칼리지에서 착안해 호그와트 마법사 학교의 고딕식 건축과 색이 다른 건물들, 이상한 게임 규칙 등을 만들어냈다)에서처럼 학생들은 런던 발發 기차를 타고 이튼에 도착한다. 물론 소설 속 그 유명한 킹스크로스 역의 9와 3/4 플랫폼에서 기차를 타는 것은 아니다. 패딩턴 역의 아주 정상적인 플랫폼에서 훨씬 더 전통적인 방식으로 기차에 탑승한다.

금빛 돌로 된 건물, 펍, 잔디밭 등이 있는 이튼 칼리지는 영국의 농축물 같다. 작은 까마귀들이 녹색 잔디를 쪼고, 백조들이 템스 강의 침울한 물결에 주름을 드리우고, 어디선가 크리켓 배트의 둔탁한 소리가 들려

온다. 강 저쪽 윈저궁의 성벽 위에서 '유니언 잭'이 펄럭인다. 이쪽에서는 이튼 칼리지 경내가 궁에서 느껴지는 것과 같은 고요와 안정감과 전통적인 분위기를 제공한다.

축구나 럭비 같은 세계에서 가장 유명한 운동 경기의 규칙들이 발명된 다른 '퍼블릭 스쿨'에서와 마찬가지로 이 학교의 학사과정에서도 스포츠가 중요한 부분을 차지한다. 이튼의 조정 클럽은 영국에서 가장 오래된 클럽 중 하나로, 사시사철 언제나 여덟 개의 노가 강물 위로 미끄러지듯 우아하게 움직이고 있다.

그중에서도 이튼에서만 하는 '월 게임Wall Game'이라는 경기가 있다는 점에서 이튼은 다른 칼리지들과 구별된다. 두 팀이 폭 5미터에 길이가 수백 미터나 되는 부지 위에 있는 벽돌담 아래 마주 서서 공을 밀어 상대 팀의 대열 속을 통과하게 하는 경기다. 학생들은 벽돌 사이에 끼워진 주철로 된 궁형의 보호물을 타고 담 위에 올라가 전선 위의 새들처럼 앉아 경기를 관람할 수 있다. 중요한 경기는 '칼리저'와 '오피던' 간의 경기로 매년 성聖 안드레아의 날인 11월 30일에 열리는데, 이날은 대개 춥고 비가 내리기 일쑤다. 진창은 경기에 없어서는 안 될 요소다. 마지막 골이 기록된 것은 1909년으로, 이 경기의 열렬한 지지자들도 대체로 경기 중에 뭔가 대단한 일이 벌어지는 경우는 없다는 사실을 인정한다. 하지만 모든 경기 내용이 양장본 기록부에 정확하게 기록된다. 그 기록부에 누군가가 E. A. 블레어의 월 게임 참여에 대해 이렇게 적었다. "불안정한 편이라 완전히 신뢰할 수는 없지만, 괜찮은 스트라이커로서 몇 차례 좋은 활동을 보여주었다."

역설적이지만 이 미래의 사회주의자 작가는 이튼에서 보낸 몇 년의 세월을 좋게 평가했던 것 같다. 오웰은 영국의 숨 막히는 계급체계에 대한 격렬한 비판자였으며 그런 그에게 이튼은 더할 나위 없이 좋은 과녁이 될 수도 있었으나, 이 학교를 비판 대상에서 제외했다.

혹평은 그가 다닌 영국 남부 연안 이스트본에 있는 성 시프리언 기숙학교에 집중된다. 그는 여덟 살에 이 학교에 입학해 열네 살 때까지 수학했다. 성 시프리언은 '프렙 스쿨(prep school, 사립초등학교)', 즉 이튼 같은 칼리지의 입학시험을 준비하는 예비학교다. 높은 벽난로와 돌출한 창문들이 있던 이 학교 건물은 1939년에 화재로 완전히 불타버렸다. 하지만 오웰은 졸업하고 25년이 지나서도 여전히 분노와 통분에 떨면서 이 학교에서 보낸 수년의 세월에 관해 쓰고 있다.

《기쁨은 그렇게나 컸다Such, such were the joys》라는 이 에세이는 윌리엄 블레이크William Blake의 시에서 따온 역설적인 제목을 달고 있는데, 오웰이 사망한 뒤에야 출간되었다. 영국에서는 제소될까 우려하여 미국에서 먼저 출판했다. 책 서두에서 오웰은 "자신의 어린 시절에 대해 글을 쓰는 사람이라면 누구든 과장과 자기 연민을 조심해야 한다"라고 경고한다. 하지만 실제로는 조심해야 한다는 자신의 말과 정반대로 한다.

성 시프리언 기숙학교에 대한 오웰의 묘사들은 디킨스의 소설을 연상시킨다. 마치 꼬마 에릭 블레어가 기숙사나 보육원에서 학대당하는 데이비드 코퍼필드나 니콜라스 니클비 역할을 맡은 것 같다.

성 시프리언 기숙학교 교장 본 월크스Vaughan Wilkes는 '삼보'라는 별명을 가진 가학적인 소小부르주아로 묘사된다. '플립'이라는 별명을 가진 그의 부인 시슬리도 남편 못지않게 냉혹하고 잔인하게 아이들을 대한다. 어린 에릭 블레어는 침대에 오줌을 지리고 채찍으로 맞는 일이 잦았다.

그의 그러한 운명은 부모의 궁핍 때문은 아니었다. 그가 일종의 소년원 같은 곳에 보내졌던 것도 아니다. 블레어는 어린 소년뿐 아니라 때로는 소녀까지도 부모에게서 떼어내 장기간 기숙학교에 보내 생활하게 하는 영국 상류층의 고전적이고 전형적인 교육과정을 따른 것일 뿐이다. 세계에서 유례를 찾아볼 수 없는, 하지만 오늘날까지도 존속하고 있는 이 시스템의 절정기가 바로 오웰 때였다. 태양이 지지 않는 제국의 미래 엘리트들을 스파르타식 교육을 통해 강하게 단련한다고 생각했고, 그런 교육 체제에서는 침착함이나 완벽한 신사의 자질을 익히는 것이 학구적인 지식의 습득보다 더 중요했다. 그러나 기숙사 입소는 많은 어린 아이들에게 갑작스러운 뿌리뽑힘이자 깊은 상처를 남기는 정신적 충격이었다.

"오웰이나 다른 수백만의 영국 아이들에게 그 경험은 야만적이었습니다." 알렉스 랜턴은 말한다. "공동 침실에서 이루어지는 신체적 학대며 학생이나 선생들의 가혹 행위 등 말입니다. 오웰은 이 증후군의 거의 모든 증상을 보여줍니다. 오웰의 마조히스트에 가까운 태도와 죽는 날까지 그를 괴롭힌 회복 불가능한 그 감정은 분명 거기서 비롯된 것이라고 보아야죠."

오웰은 이렇게 쓴다. "여덟 살 때 갑자기 포근한 둥지에서 뽑혀 나와, 폭력과 거짓과 가장의 세계에 던져졌다. 곤들매기들이 득시글대는 어항 속의 금붕어처럼 말이다." 성 시프리언 기숙학교의 아이들은 당시 영국 전역에서 횡행하던 학급체계의 폭력에 곧바로 노출되었다. 삼보와 플립은 부유한 학생들이 내는 등록금으로 학교를 운영하기에 그런 학생들은 귀하게 대한다. 그런 학생들은 채찍으로 맞는 일이 없었다. 하지만 가난한 집안 출신 학생들은 온갖 처벌의 대상이 되었다. 학교로서는 이튼 같은 권위 있는 칼리지의 입학시험에서 좋은 성과를 내기 위해 가난하지만 재능 있는 학생들이 필요했음에도 말이다.

이런 기준은 학생들 사이에도 적용되었고, 아이들 특유의 온갖 잔혹함까지 수반되었다. 아이들은 부모의 자동차를 비교하고, 스코틀랜드의 성城이며 하인들의 수를 비교하기도 했다. 가난한 학생들은 가차 없이 조롱의 대상이 되었다.

이 야만적이고 다윈적인 세계는 어린 에릭 블레어의 마음에 깊은 상흔을 남긴다. 그로부터 25년의 세월이 흐른 뒤에도 그는 여전히 그 충격에서 벗어나지 못한다. 그는 이렇게 적는다. "약육강식, 그것이 학교생활의 토대였다. 이기는 것이 미덕이었다. 다른 사람보다 더 크고, 더 힘세고, 더 잘 생기고, 더 부유하고, 더 인기 있고, 더 우아하고, 더 거리낌 없이 행세하는 사람이 되어야 했다. 다른 사람들을 지배하고, 학대하고, 고통스럽게 하고, 조롱하고, 수단 방법을 가리지 않고

이기는 것이 미덕이었다. 삶은 서열화되어 있었고, 거기에서 일어난 일은 모두 선善이었다. 이기는 것이 당연한 강자들이 있었고, 지는 것이 당연한, 언제나 영원히 질 수밖에 없는 약자들이 있었다."

이 자연법칙 앞에서, 오웰은 자신이 애당초 패자일 수밖에 없음을 인지한다. "나는 돈이 없었고, 허약했고, 못생겼고, 인기도 없었고, 쉬기침을 했고, 비겁했고, 악취를 풍겼다…. 성공할 수 없을 거라는 확신이 마음속 깊이 자리 잡아, 훗날 성인이 된 뒤에도 나의 행동에 영향을 미쳤다."

선생이나 선배들의 가혹한 체벌 외에도, 땟자국이라든가 기숙사의 혼숙 생활이 미래의 오웰에게 깊이 각인되어 기억에서 지워지지 않는다. "나는 축축한 신발과 더러운 수건에서 나는 냄새, 복도를 따라 풍겨오는 똥 냄새, 음식 찌꺼기가 끼어 있는 포크 냄새, 양고기 스튜 냄새 등이 뒤섞인 구역질 나는 어떤 차가운 냄새를 맡는다는 느낌 없이, 세면실 문 덜컹거리는 소리와 공동 침실의 요강에서 나는 소리가 들리는 것 같은 느낌 없이 학교생활을 떠올리기 어렵다."

그는 "누군가 일부러 집어넣지 않고서야 어찌 그렇게 많은 덩어리와 머리카락과 거무스레한 이상한 것들이 들어 있을 수 있을까 싶은 오트밀 사발들", "늘 축축한 채 곰팡내를 풍기는 수건들", "언젠가 사람 똥이 떠다니는 것을 보았던" 동네 공중목욕탕의 바닷물 이야기를 전한다.

오웰과 같은 시기에 성 시프리언 기숙학교에서 생활했던 사람 중에는 그가 그곳 풍경을 너무 어둡게 그렸다며 비난한 이들도 있다. 1938년에 작가 시릴 코놀리는 이 학교가 자신에게 큰 도움이 되었다고 썼다. 윌크스 부인에 대해 좋은 기억을 간직하고 있는 학생들도 있다.

오웰의 이 추억은 그의 소설세계를 예고한다. 《동물농장》을 제외하고 그의 소설들은 모두 자신을 능가하는 힘을 마주한, 고립무원의 무력한 개인을 묘사한다. 거의 전체주의적이라 할 수 있는 이 기숙학교 체험은 어찌 보면 《1984년》의 지옥을 미리 보여준 것이라 할 수 있다.

성 시프리언 기숙학교에서 보낸 고난의 세월은 그가 이튼에 입학했을 때 느낀 안도감을 잘 설명해준다. "프렙 스쿨의 지옥을 경험하고 나면 이튼이 낙원 같아 보이죠." 알렉스 랜턴은 말한다. "규율이 특별히 엄격하지도 않고, 무엇보다 사람 대접을 받습니다. '오피던'이라면 시내에 자기만의 방을 갖고, '무슈'라는 호칭을 듣고, 양질의 교육을 받지요. 이튼은 귀족층이나 부잣집 자제들만 가는 학교가 아닙니다. 그런 학생들이 많기는 하지만요. 영국의 상류층이 그토록 오랫동안 존속한 이유 중 하나는 모든 카스트가 완전히 폐쇄적인 유럽 다른 나라들의 귀족층과는 달리 늘 어느 정도의 유동성을 유지했다는 데 있습니다. 재능과 지성을 갖춘 젊은이들이 엘리트층으로 들어올 수 있는 작은 문이 늘 열려 있는 겁니다. 비교적 가난한 집안 출신인 시릴 코널리, 조지 오웰, 에블린 워Evelyn Waugh 같은 작가들이 영국 상류계층에 받아들여졌듯이 말입니다."

오웰의 경우는 그 기간이 길지 않았다. 모두가 부러워하는 '왕의 장학금'을 받는 최고의 학생들 중 한 명으로 이튼에 입학했지만, 5년 뒤에는 대학 진학을 위한 새로운 장학금을 받기 힘든 보잘것없는 성적으로 졸업한다. 하지만 그는 죽는 날까지 '올드 이토니언'으로 남는다. 마술 같은 두 글자 'OE'로 요약되는 이 지위는 지금도 영국 사회를 지배하고 있는 기이한 계급 체계에서 다른 어떤 자격증보다 더 큰 가치를 지닌다. 이튼의 지위는 다른 칼리지들에 비해서도 특별하다. '올드 이토니언'들은 죽는 날까지 카스트 소속이라는 혜택을 누리는데, '오이크Oik'—하위 계층을 가리키는 데 쓰이는 표현—는 아예 제외된다.

영국 좌파에서 가장 급진적인 인물 중 한 명이 이 기성 체제 양성소에서 배출되었다는 사실이 아주 놀랍지만은 않다. 이튼은 독자적으로 사유할 수 있는 개인을 양성한다는 자부심도 품고 있다. 엘리트 양성소이면서 반항아들을 만들어내는 칼리지이기도 한 것이다. 그런 점에서 오웰은 이 학교의 순수한 산물이다.

이튼 수학 시절에 뛰어난 성적을 내지는 않았지만, 그가 이 학교에서 문학적 재능의 토대를 닦고 지적 독립성의 습관을 들이게 된 것은 분명하다. 하지만 다른 'OE'들과는 달리, 수년 후 그는 자신을 탄생시킨 그 시스템에 대한 반항에 나선다.

한 세기가 지난 후 결국 이튼 칼리지는 'KS' 출신의 에릭 블레어를 자신의 일원으로 기리게 된다. 2018년 교내에 오웰 흉상을 세우고, 거기에 그가 쓴 다음 문구를 새겨넣었다. "글을 잘 쓰지 못하면 잘 생각하지 못하게 되고, 잘 생각하지 못하면 다른 사람들이 대신 생각하게 된다."

## 2. 제국의 더러운 일

"그런 세상에서 사는 것엔 숨 막히고 맥 빠지는 무언
가가 있다."[2]

1922년 11월, 영국에서 출발한 증기선 SS 히어퍼드
셔 호가 이라와디 강의 진흙투성이 강물을 거슬러 올
라 랑군[3] 항에 입항했다. 영국 공무원들과 그 가족들
틈에서, 키가 크고 깡마른 청년 한 명이 여객선에서 내

---

2) 조지 오웰, 《버마 시절》.
3) 미얀마의 수도 양곤의 옛 이름—옮긴이.

린다. 열아홉 살의 에릭 블레어가 자신이 태어난 곳이자 버마가 속해 있는 영국령 인도제국British Raj으로 돌아온 것이다.

그의 아버지 리처드 블레어Richard Blair는 인도의 모티하리에 있는 영국제국 정부 아편국 소속의 하급 공무원이었다. 이 말도 안 되는 기관은 아편의 공식 무역을 담당하던 곳으로, 인도에서 재배한 아편을 중국에 파는 일을 맡았다. 중국은 1860년의 군사 원정(2차 아편전쟁) 때 영국으로부터 시장 개방을 강요받았다. 오웰의 아버지는 부유한 식민지 개척자는 아니고 중간계층 공무원이었다. 프랑스인 어머니 이다 마벨 리무쟁Ida Mabel Limouzin은 좀 더 부유한 가문 출신이었는데, 이 가문은 버마에서 티크 무역으로 큰돈을 벌었지만 무모한 투기로 모두 날려버렸다.

1903년에 태어난 에릭 블레어는 이듬해에 어머니 손에 이끌려 누나와 함께 영국으로 건너갔다. 그리고 3년 뒤 휴가 때 아버지를 만났고, 그 후 4년이 지나 아버지가 은퇴하고 나서야 다시 아버지를 만났다.

영국에서 자란 에릭 블레어가 버마로 돌아간 것은 정서적인 이유에서라기보다는 필요에 의해서였다. 이튼 졸업 후 성적이 나빠서 옥스퍼드나 케임브리지 대학 장학금을 신청할 수 없었다. 부모는 그에게 안정된 일자리를 구해주려 했다. 인도 사무국 공무원 모집 시험에는 대학 졸업자만 응시할 수 있었으므로, 에릭 블레어는 눈높이를 낮춰 좀 더 쉽게 들어갈 수 있는 식민지 경찰청 하급 장교 자리에 응시한다. 그리고 시험에 합격해 외할머니가 아직 살고 계신 버마를 근무지로 선택한다.

버마는 뒤늦게 영국제국에 편입된 나라이고 영국 공무원들이 그리 달가워하지 않는 근무지였다. 인도와 중국 사이에 자리 잡은 이 왕국은 19세기에 점진적으로 영국인들에게 정복되었다. 영국인들은 방대한 영토와 수많은 인구를 소수 공무원들이 지배하고 통제하는 인도의 행정체계를 이 나라에 펼쳤다. 제국 정부에게 버마는 그리 중요하지 않은 지역이었고, 1919년의 행정개혁에서도 배제되어 있었다. 당시 영국령 인도제국의 다른 지역들은 이 행정개혁을 통해 영국제국의 행정조직에 편입되었으므로, 그런 배제 조치에 크게 분노한 버마인들의 애국심이 고조되고 있었다.

식민지 경찰은 유럽인이 관리하는 토착민들로 구성되었다. 에릭 블레어는 버마 도착 직후 만달레이의 경찰 훈련 학교Police Training School로 보내졌다. 젊은 하급 경찰들이 9개월간 버마 경관들의 지휘 아래 일을 배우는 곳이었다. 블레어는 'ASP(Assistant Superintendent of Police, 부경감)' 후보생이었다. 영국인 후보생과 버마인 후보생의 교육과정은 달랐다. 영국인 후보생은 동양 언어 수업도 받았다. 블레어는 힌디어와 버마어를 배웠는데, 그와 알고 지낸 사람들의 말에 따르면, 무척 빨리 습득하고 카렌 방언까지 배웠던 것 같다.

학교는 당시 영국군의 병영으로 쓰이던 옛 왕성王城 성곽 바로 바깥에 자리 잡고 있었다. 다섯 개의 다리가 있는 넓은 외호外濠들과 2킬로미터 길이의 벽돌담에 둘러싸인 이 성채는 1885년 상上버마 정복 때 함락되었다. 이 이야기는 키플링의 시詩 〈만달레이로 가는 길〉 덕택에 지금도 영어권 세계에서 유명하다. 영국 원정대가 새벽에 바퀴 달린 배들을 이끌고 이라와디 강을 거슬러 올라가 도시를 점령하고 티바우 왕을 사로잡아 즉각 망명 보낸 일을 향수 어린 어조로 회상하는 시다. 영국인들은 왕궁을 약탈해 버마 예술의 보물과 귀금속을 런던으로 보냈다. 당시 성채가 함락되자 버마인들까지도 왕성 안으로 들어가 약탈에 참여했다.

티크를 주자재로 하여 옻칠을 하고 순금을 입히고 섬세한 조각들로 장식한 놀라운 건축물인 그 왕궁은 2차 세계대전 때 버마에 주둔하던 일본군을 공습하기 위해 날아온 연합군의 폭격에 대부분 파괴된다.

독립 후 버마군은 영국인들에게 빼앗겼던 왕성을 되찾아 그곳에 자리 잡는다. 옛 모습 그대로 복원된 그 왕궁들은 2000년대 초 미얀마가 관광객들에게 개방되었을 때 만달레이에서 사람들이 가장 많이 찾는 관광 명소가 된다. 도시 규모도 크게 확장되었다. 15년 전만 해도 강변에 잠들어 있는 듯한 중간 규모의 도시였으나 이제는 버마에서 가장 큰 도시 중 하나가 되었다. 오늘날에는 중국인 관광객과 투자자들이 가장 선호하는 곳이기도 하다. 경찰 학교 건물은 지금도 미얀마 경찰이 쓰고 있다. 당시 오웰은 경찰 학교 사람들에게 비사교적인 인물이라는 인상을 남겼다. 그는 사람들과 어울리는 것을 불편해하는 사람, 사관 식당에 가서 '핑크 진'을 마시기보다 자기 방에서 책 읽는 것을 더 좋아하는 사람이었다.

그 교육과정이 끝나면 새내기 경찰들은 첫 근무지로 갔다. 1924년 1월에 이 학교를 졸업한 미래의 조지 오웰은 이라와디 삼각주에 있는 오지 도시 미아웅미아로 파견된다. 하지만 곧바로 다른 여러 지역으로 배속된 것을 보면, 힘든 임지로 정평이 난 그곳에서 그가 일을 썩 잘 해낸 것 같지는 않다. 넓은 퇴적평야 지대에 숨어 있는 오지의 일부인 그 도시는 선박을 이용해서만 갈 수 있다. 그곳의 풍경은 사람을 맥 빠지게 하고, 열기는 뜨겁고, 일은 몹시 힘들었다. 게다가 이라와디 삼각주의 모기는 인도제국 다른 어느 지역의 모기보다 사납다고 한다. 그런 고립된 임지에서는 식민지 행정부와 토착민의 관계도 간단치 않다. 대개는 경찰관이 해당 지역에서 제국 당국을 대표하는 유일한 존재다.

바로 그 시기에 뜻밖의 사건이 하나 벌어진다. 랑군 역에서 버마 학생들 무리가 아마도 본의 아니게 청년 에릭 블레어를 밀쳐 넘어뜨리는 일이 발생한 것이다. 블레어 경관이 그 학생 중 한 명을 지팡이로 때리자, 성난 친구들이 기차 안까지 그를 추격한다. 이 사건은 버마 주민과 식민 통치자 사이에 긴장 관계가 점점 커져갔던 상황을 잘 보여준다. 그뿐만 아니라, 에릭 블레어 역시 비록 그가 식민 통치의 기본 방침에 반대했다고는 하나, 나중에 그가 책에서 서술하게 될 식민 통치자들과 그리 다르지 않은 사람이었음을 보여준다.

1925년 9월, 이 청년 경찰은 또다시 전근한다. 랑군 북쪽, 커다란 식민지 교도소가 있는 인세인이라는 곳이다. 오웰이 쓴 버마 시절 단편 중 하나인 〈교수형

A Hanging〉은 아마도 이 시기의 실제 경험담일 것이다. 작품 속 화자는 경관으로서 사형수를 교수대로 데리고 가다가 사형수가 물웅덩이를 피하는 것을 보고 곧 생을 마칠 그 역시 자신과 똑같은 사람임을 깨닫는다. 이 작품은 사형제도에 반대하는 고전적인 논고의 하나로 읽히고 있다. 이런 기관은 모든 체제에서 운영되며, 인세인 교도소는 버마가 독립한 후에도 보존되었다. 버마 군사 평의회는 수만 명의 반체제인사를 이 교도소로 보내 썩게 했다.

에릭 블레어의 다음 임지는 시리암이었다. 오늘날 탄린으로 개명된 이 도시는 랑군에서 멀지 않은 벵골만灣에 있었다. 당시 미국인 기술자들이 이곳의 정유소에서 일했고, 서양인들이 이 도시의 많은 갈보집을 드나들었다.

그후에도 그의 임지는 계속 바뀐다. 1926년 4월, 에릭 블레어는 현재의 몰먀잉, 당시 영국 식민지 버마의 수도였던 모울메인으로 파견된다. 당시 오웰의 외할머니와 외숙모 한 분이 그 도시에 살고 있었다. 그들의 집을 틀림없이 방문했을 테지만, 그는 편지에서 그들에 관해 일절 언급하지 않는다. 식민지와 자기 가족의 관계에 대해 말하고 싶지 않았던 듯, 당시의 지인들에게도 그들에 관한 이야기는 하지 않았다.

그의 모계 가족은 프랑스 사람들이다. 리무쟁 일가는 티크 무역으로 큰돈을 벌었고, 외할머니는 그 도시에서 꽤 알려진 사람이었다. 40여 년이나 그 나라에 살면서도 버마어를 한마디도 할 줄 모르는 속물적이고 천박한 그 부인을 오웰이 좋게 생각했는지는 의문이다.

오웰은 이 모울메인을 배경으로 또 다른 버마 시절 단편 〈코끼리를 쏘다Shooting an Elephant〉를 썼는데, 식민지 행정부 내에서의 자신의 입지에 대한 소회를 작품 첫머리에 이렇게 요약한다. "하下버마에 있는 도시 모울메인에서 나는 많은 이들의 혐오의 대상이 되었다. 나에게 그런 일이 일어난 건 난생처음으로, 내가 상당히 중요한 사람으로 여겨졌음을 뜻한다. 나는 그 도시의 하급 지방경찰관이었고, 뚜렷한 표적은 없었지만 유럽인에 대한 이곳 사람들의 반감은 매우 팽배한 상태였다."

그는 1926년 말에 새로운 임지로 발령을 받는다. 이 번에는 버마 북부 이라와디 강 인근의 작은 도시 카타였는데, 크리스마스를 얼마 앞두고 현지에 도착한다. 그의 마지막 임지가 된 이곳에서의 체류는 조지 오웰이라는 작가의 탄생에 큰 영향을 미친다.

그후 한 세기가 넘는 세월이 흐른 지금, 카타는 엄청나게 많이 변했다. 만달레이에서 북쪽으로 250킬로미터 떨어진 이 도시는 지금도 여전히 배가 주된 교통수단이다. 이라와디 강을 거슬러 올라가는 것은 마치 시간여행을 하는 것 같다. 버마 북부에서 벵골 만까지 흘러드는 이 강은 예전부터 무역로로 쓰여왔다. 밀크 커피처럼 짙은 강물이 표류하는 초목 더미와 티크를 실어나른다. 예나 지금이나 버마는 썩지 않는 이 귀중한 목재의 세계적인 주 생산지이다.

강의 환경은 수시로 변한다. 때로는 끝없이 넓어져서 뱃사공들이 커다란 막대로 진흙투성이 강물의 수심을 재며 여울이나 사주들 사이로 뱃길을 찾아 나가야 하고, 어떤 곳에서는 폭이 수백 미터밖에 되지 않을 만큼 너무 좁아져서 가파른 양쪽 기슭 사이에서 강물이 급물살을 탄다. 폭우가 내리면 장대 같은 빗줄기 때문에 강물이 수천 개의 잔물결로 솟아오르는 것 같은 느낌을 받는다. 그러다 햇살이 다시 나타나면 수면이 비닐 막처럼 반짝거린다.

강변으로 마을들이 연이어 나타난다. 양철이나 라피아 야자수로 지붕을 한 작은 집들이 수상 말뚝 위에 둥지를 틀고 있거나, 뒤집힌 나팔 모양의 황금빛 탑 주위에 밀집해 있다. 원뿔 모양의 모자를 쓴 농부들이 황소가 이끄는 쟁기로 선연한 초록빛 논을 갈고 있고, 어린아이들은 등에 혹이 난 소 등에 걸터앉아 있다. 현대성의 징표라고 할 만한 것이라고는 교량의 거대한 철제 구조물과, 석탄이나 상자를 가득 싣고 동력선의 도움을 받아 강의 북쪽으로 거슬러 오르거나 조류에 실려 바다 쪽으로 내려가는 너벅선뿐이다.

상품을 실은 좁고 길고 나지막한 소형보트들이 승

객을 실어나른다. 디젤 기관에서 트럭용 모터가 연이어 폭음을 내며 연기를 내뿜고, 거대한 나무 선체 끝에서는 프로펠러가 베이지색 물을 휘젓는다.

선장은 손을 작은 핸들 위에 올린 채 신발 상자 크기의 선실 안에 쪼그리고 앉아 있다. 그의 뒷자리, 어린아이 한 명이 겨우 서 있을 수 있을까 말까 한 승무원 석에서 선원 한 명이 대나무를 쪼개서 만든 덮개를 열고 헤로인 주사기를 꺼내 제 발목에 주사를 놓는다. 오웰의 아버지가 합법적으로 아편을 수거하던 식민지 시대는 끝났다. 그후 버마, 타이, 라오스로 구성된 황금의 삼각지대에서 1980년대와 1990년대에 전 세계 아편의 대부분을 생산하던 시절도 끝났다. 하지만 버마는 지금도 양귀비의 주 생산지로 남아 있다. 아편 문화는 아편으로 자금을 조달하는 게릴라들, 주로 동부의 샨 주州와 북부의 카친 주에서 활동하는 부족 게릴라들과 긴밀하게 연관되어 있다.

배가 제방에서 제방으로 이동하며 긴 클랙슨 소리를 내 도착을 알리고 승객과 수화물을 내리거나 태운다. 여행객들은 훌쩍 뛰거나 아니면 진흙으로 미끈거리는 가파른 제방에 걸쳐놓은 나무판자를 밟고 배에 올라타거나 내린다. 그런 다음 짐꾸러미, 티크 소재 가구, 파인애플과 채소가 든 가방 등을 인부에게 짊어지게 해서 옮긴다. 가끔은 대기하고 있던 카누가 강기슭에서 출발해 서서히 속도를 늦추는 배에까지 나아가기도 한다. 승객들이 배 가장자리에 둘러쳐진 줄을 손으로 잡고 매달리고, 여자들은 솥에서 카레 요리를 퍼내 승객들에게 판다. 플라스틱으로 된 작은 배 모양의 그릇들이 손때 묻은 지폐 한 줌과 교환되고, 카누는 다시 멀어지고, 배는 가던 길을 계속 간다.

카타 시는 이라와디 강 좌안에 세워졌다. 경사진 부두 아래에서 사리 차림의 여자들이 긴 머리를 감거나 속옷을 빨고 있고, 어린 소년들은 베이지색 강물에 뛰어들었다가 정박 중인 배들 틈새로 물을 뚝뚝 흘리면서 깔깔거리며 솟아오르곤 한다. 하루 중 가장 뜨거운 시간대에는 도시 전체가 혼수상태에 빠져드는 것 같다. 시장 상인들은 진열대 틈에서, 삼륜차 제조업자들은 자신들의 기계가 드리우는 그늘에서 잠을 잔다. 오토바이 수리업자들은 연장을 먼지 속에 내팽개친 채 나무그늘에서 잠을 잔다.

오후가 끝나갈 무렵 찌는 듯하던 열기가 어느 정도 견딜 만해지면 부두에 다시 활기가 돈다. 저녁 어스름의 비스듬한 햇살 속에서 살구색 토가 차림의 까까머리 스님들이 무리를 지어 산책하고, 구장 열매 씹는 이들이 흡혈귀 같은 핏빛 미소를 머금고 붉은 침을 뱉어댄다. 오토바이들 무리가 전사 차림의 귀여운 아가씨들을 짐받이에 태운 채, 피부를 보호하기 위해 뺨에 칠한 노란색 타나카 분가루를 날리며 부르릉거리고 지나간다. 부녀자들이 아이를 품에 안은 채 한 손으로 오토바이를 운전하는데, 다른 손잡이에는 다리가 매달린 닭들이 걸려 있다.

이 시의 중심 도로 끝에 유명한 반체제인사였던 아웅산 수치 여사의 아버지이자 버마 독립의 아버지 아웅산 장군의 금빛 기마상이 서 있다. 이 독립 영웅의 딸이었기에 군부는 그 랑군의 여인을 함부로 건드리지 못했고 오랫동안 가택 연금 생활을 하게 했다. 수치 여사는 반체제 활동에 대한 보상으로 노벨 평화상을 받았으며, 미얀마에 민주주의가 회복되어 석방되기까지 오랫동안 서양 언론의 총아였다. 지금은 미얀마군에게 박해받는 이슬람 소수부족인 로힝야족의 운명에 무관심하다는 이유로 또다시 논란의 중심에 있다.

그녀의 아버지 아웅산 장군도 이중적인 인물이었다. 영국 식민자들을 몰아내기 위해 2차 세계대전 동안 일본 침략군과 손을 잡았다가 분쟁 중에 진영을 바꾸었다. 식민지 시대가 끝나갈 무렵 총리로 임명된 그는 1948년 버마가 독립하기 6개월 전에 다른 군인들에게 기관총으로 사살되었다.

물소가 끌던 수레가 오늘날엔 삼륜차로 대체되었고, 텔레비전 화면이 커피숍 실내를 몽롱한 빛으로 비춘다. 은행과 스마트폰 가게가 문을 열었고, 목재 가옥의 함석지붕 위로 위성 안테나가 버섯처럼 솟아 있다.

하지만 이 작은 도시의 다른 부분들은 《버마 시절》

에 묘사된 것과 비슷하다. 1934년에 출간된 조지 오웰의 이 첫 장편소설은 에릭 블레어 경관의 카타 체류 경험을 바탕으로 하고 있다. 무자비한 작품이다. 주인공인 존 플로리는 티크를 재배하는 산림회사 직원이다. 플로리는 오웰이 식민지 사회에 품고 있던 혐오감을 그대로 갖고 있는 인물이다. 오웰의 분신 같은 이 인물은 뺨에 마치 카인의 낙인 같은, 용모를 일그러뜨리는 넓은 얼룩이 있다. 가난한 플로리는 남편감을 찾아 영국에서 온 새침데기 엘리자베스를 사랑하게 된다. 플로리가 유일하게 속내 이야기를 털어놓는 베라스와미는 유럽인 클럽에 소속되기만을 꿈꾸는 인도인 의사다. 동료들과의 관계가 불편했던 플로리는 그 작은 식민지 공동체에서 점차 소외되다가, 공작에 능한 한 음흉한 공무원에 의해 결국 나락으로 떨어진다. 책은 간명하고, 재미있고, 잔인하며, 아주 잘 읽힌다. 영국 식민지 체계에 대한 냉철한 묘사이기도 하다.

오웰의 인도는 그가 예찬하면서도 역정을 내곤 했던 작가 키플링의 인도가 아니다. 제국의 모험에 대한 향수도 없고, 〈왕이 되려던 사나이The Man Who Would Be King〉[4]에 나오는 카피리스탄에서 돌아온 피치와 드래보트의 이야기나 《킴Kim》[5]에 나오는, 라호르에서 잠자마 대포를 타다가 임무 수행에 나서는 킴의 이야기 같은 신기한 이야기도 찾아볼 수 없다. 오웰의 세계에서 제국을 대표하는 인물들은 술에 절어 있는 쩨쩨하고 꼴사나운 인종주의자들이다. 유럽인 클럽은 더럽고, 당구대 위엔 죽은 곤충들이 가득하고, 열기는 견디기 힘들 만큼 뜨겁고, 진토닉은 미지근하다. 아무도 좋은 역할을 맡지 않으며, 토착민들 역시 식민자 못지않게 비호감이다. 플로리를 무너뜨리려고 음모를 꾸미는 버마 공무원 우 포 킨은 조작에 능한 악당이며, 선량한 인도인 의사도 자신을 경멸하는 영국인 주인들을 찬미하는 비겁자다.

---

4) 존 휴스턴 감독, 숀 코네리·마이클 케인 주연의 1975년 작 모험 영화—옮긴이.

5) 영국 작가 러디어드 키플링의 장편 모험소설. 티베트 라마승과 아일랜드계 혼혈 소년 킴이 라호르에서 히말라야에 이르는 인도의 북서부 지역을 여행하는 이야기가 담겨 있다—옮긴이.

이 소설을 출간한 출판사가 소송을 피하기 위해 오웰에게 '카타'라는 공간적 배경을 바꾸라고 요구해 카타는 소설에서는 '카우크타다'(미얀마어로 '돌다리' 혹은 '선창'이라는 뜻)가 된다. 하지만 책 첫머리에서 오웰이 묘사하는 도시 지도를 보면 이 소설이 착상된 장소에 대한 의문은 전혀 들지 않는다.

"이 소설을 손에 들고 카타를 산책해보면 카우크타다가 바로 그곳임을 어렵지 않게 알아볼 수 있습니다." 카타의 오웰 전문가 뇨 코 나잉은 이렇게 말한다. 나는 어느 날 아침 그가 운영하는, 아바 은행 맞은편에 있는 존 카페에서 그를 만났다. 그는 향료를 넣은 작은 밀크티 잔을 앞에 두고 친구들과 함께 플라스틱 의자에 앉아 있었다. 조지 오웰의 초상화 한 점이 홀 안쪽 벽, 축구 경기가 중계되는 텔레비전과 사람들이 테이블 위에 올라서서 기도를 올리는 작은 부처상 사이에 걸려 있었다.

"젊었을 때는 오웰이나 오웰의 삶에 대해 전혀 몰랐습니다." 뇨 코 나잉이 말한다. "제가 만달레이에서 학

교에 다니던 1990년대에는 외국인들만《버마 시절》을
읽었죠. 당시는 군사정권 시절이었고, 그 책은 미얀마
인들에게 금서였습니다. 어느 날 우연히 만난 한 스위
스인이 그 소설이 저의 도시인 카타를 무대로 하고 있
다고 얘기해주더군요. 그가 저에게 많은 질문을 했지
만 저는 대답을 할 수 없었어요. 그때부터 제가 오웰과
그의 시대에 관심을 기울이기 시작한 겁니다."

　화가이자 디자이너인 뇨 코 나잉은 이 영국 작가에
게 빠져 있다. 지금 그는 아마추어 역사가로 변신 중
이다. 습기에 좀이 슨 옛 지도와 사진들을 뒤적거리
며 오웰이 묘사한 장소들을 세밀하게 추적하고 있다.
"처음에는 1948년 독립 당시의 지도를 바탕으로 했죠.
그러다 식민지 시대의 모든 건물이 표시된 1911년도
의 시市 지도를 찾아냈습니다. 그때의 건물들 가운데
12채 정도는 아직 건재합니다."

　그 지도 덕택에 뇨 코 나잉은 사람들이 방문객들에
게 오웰이 살았던 집이라고 소개하는 커다란 붉은 벽
돌 주택(지금도 인터넷 사이트에 그렇게 기록되어 있다)이 작

가의 집이 아니라는 사실을 알게 되었다. "사실 그 집은 맥그레고르라는 이름으로 소설에 등장하는 지역 경찰서장이 살던 집이었습니다!" 현재 그 집은 버려진 상태이며 넓은 정원도 황무지로 변해버렸다. 작가에 대한 기억을 보존할 목적으로 몇몇 친구들과 함께 '카타 문화유산 트러스트Katha Heritage Trust'라는 역사 협회를 설립한 뇨 코 나잉은 그 주택을 청소하고 수리했다. 그 집은 오웰을 기념하는 박물관이 될 것이다. 뇨 코 나잉은 상설 전시장 표지판들을 디자인했고, 그의 친구 중 한 명은 작가의 초상화들을 유화로 그렸다.

"오웰은 세계적으로 이름난 작가입니다. 그의 명성이 카타에는 당연히 이득이 되죠." 뇨 코 나잉은 말한다. "미얀마 당국도 이것을 깨달은 것 같습니다. 공영 방송 미얀마 TV가 지난달에 그에 관한 다큐멘터리를 방송하더군요."

카타의 일부 주민들도 도시의 잠재적 유명세를 의식하고 있다. 새 호텔 두 곳이 문을 열었는데, 둘 중 한 호텔이 식당 이름을 '카우크타다'라고 지었다.

"그 집이 지역 경찰서장의 집이었다는 사실을 알고 나서 저는 오웰의 집을 찾아보았습니다." 뇨 코 나잉이 계속 말한다. 목재 건축물들이 종종 열대 기후를 견디지 못하고 무너지듯이 그 집도 사라져버렸을까? 아니면 스마트폰 가게로 변했을까? 오웰이 책에 한 묘사를 그가 읽어준다. "플로리의 집은 마이단(광장) 맨 끝, 정글 가장자리 가까이에 있었다. 마이단은 입구에서부터 아래쪽으로 경사가 심했고, 그을린 듯 황갈색을 띠고 있었다. 주변에는 눈이 부실 만큼 흰 방갈로 대여섯 채가 여기저기 드문드문 서 있었다. 모든 집이 뜨거운 대기 속에서 전율하고 있었다. 언덕배기 중간쯤에 하얀 담으로 둘러싸인 영국인 공동묘지가 하나 있고, 그 옆에는 함석지붕을 얹은 자그마한 교회가 있었다. 그 너머에는 유럽인 클럽이 있었는데, 그 클럽—우중충한 1층짜리 목조 건물—을 보면 누구나 그곳이 시의 중심임을 금세 알아차릴 수 있었다. 유럽인 클럽은 인도의 어느 도시에서나 영국 권력의 중심지이자 정신적 요새라고 할 수 있으며, 원주민 관리들과 부자들이

들어가고자 갈망하지만 들어갈 수 없는 니르바나이기도 했다. 특히 카우크타다의 클럽은 더욱더 그랬다. 버마에 있는 유럽인 클럽 중 유일하게 원주민 회원이 없다는 사실이 카우크타다 클럽의 자부심이기 때문이다. 클럽 너머에는 이라와디 강의 거대한 황톳빛 물결이 햇빛에 반사되어 다이아몬드처럼 반짝이며 흐르고 있었다. 그 강 너머로 벼가 심어진 논이 거대한 황무지처럼 펼쳐졌고 지평선 끝에는 산들이 시커멓게 줄지어 솟아 있었다."[6]

뇨 코 나잉은 소설에 적시된 사항들을 식민지 공무원들의 주택까지 망라된 1911년도 지도와 비교해 결국 수수께끼를 풀어낸다. "정부는 바뀌어도 행정조직은 그대로 유지됩니다. 독립 후 영국인들이 떠나가자 새로 들어선 버마 권력 기관들은 영국인들의 자리를 차지하는 것으로 만족했죠. 버마 관리가 영국인 동료를 대체했고 그 동료가 쓰던 관사를 차지한 겁니다. 오

---

6) 조지 오웰,《버마 시절》.

웰의 집은 아직 건재합니다. 여전히 이 도시 경찰서장의 관사로 쓰이고 있어요."

그 집은 거무스레한 2층짜리 목조 건물로, 거대한 두 그루 나무 사이에 끼어 있다. 차양 아래에 경찰차 한 대가 주차되어 있다. 서장은 경찰서에 가고 없지만, 그의 부인이 친절하게 집 구경을 허락해준다. 집은 티크만을 소재로 해서 지어졌는데, 솜씨 좋은 목공 작업으로 흠잡을 데 없이 재단되고 다듬어졌다. 계단도 놀라울 만큼 잘 제작되었고, 위층에 있는 난간의 살들은 방에 공기가 잘 순환되도록 미닫이식으로 만들어졌다. 아마도 오웰의 방이었던 듯한 방에는 가구라고는 부처님을 위한 제단 하나뿐으로, 노란색 레이온 꽃줄 모양 장식에 깜박거리는 작은 전기 양초들과 금빛 금속 화분 속에 든 붓꽃 다발에 둘러싸여 있었다.

이 첫 발견에 힘입어 뇨 코 나잉은 소설에서 언급된 다른 장소들을 확인하는 작업을 계속했다.

가장 쉽게 확인한 장소는 존 플로리가 엘리자베스와 함께 놀던 테니스 코트였다. 백여 년의 세월이 흘

렀지만 테니스 코트는 그 자리에 그대로 남아 있어서, 테니스를 즐기는 이들의 라켓 소리가 여전히 오후의 습한 공기 속에 울려 퍼진다.

바로 그 옆에 또 다른 중요한 유적이 있다. 바로《버마 시절》속 대부분의 사건들이 전개되는 식민지 클럽 건물이다. 이제 거기서 철 지난 영국 잡지〈펀치Punch〉들을 읽으며 미지근한 진토닉을 마시던 사람들을 더는 찾아볼 수 없다. 이 건물은 지역 협동조합 본사가 되었고, 농부들이 무담보 소액대출을 신청하러 오는 홀에는 작은 테이블들이 들어차 있다. 선풍기 옆에 지폐 계수기들이 연결되어 있다. 하지만 주방이며 요리를 내보내는 창구는 예전 그대로이고, 소설 말미에 나오는 소동 때 토착민들이 던진 돌을 맞아 요란한 소리를 내던 함석지붕도 그대로다.

"강의 하상이 당시보다 약간 뒤로 물러났습니다." 뇨 코 나잉이 창문 쪽으로 몸을 기울이며 말해준다. 군중이 클럽에 난입했을 때 플로리가 도움을 요청하러 빠져나간 바로 그 창문이다. 말뚝 위에 세운 집들이

100여 미터 뒤로 이동한 연안 기슭에 줄지어 있다.

작은 공터의 다른 쪽, 분명 오웰이 살던 당시부터 있었을 거대한 반얀나무 뒤에 존 플로리의 인도인 의사 친구 베라스와미의 거무스레한 목조 주택이 있다.

그러나 엘리자베스의 어머니가 돌아가시자 결혼시킬 생각으로 조카를 이곳에 부른 엘리자베스의 삼촌과 숙모, 즉 라케르스텐 부부(리무쟁 부부가 모델이었을 게 분명하다)의 저택은 1986년 지진 때 파괴되었다. 불과 수년 전까지만 해도 그 저택의 굴뚝은 도시를 굽어보는 언덕 위에 우뚝 서 있었다. 그러나 지금은 포석 깐 바닥만 보이고, 그마저도 식물에 뒤덮여 점차 사라지고 있다.

뇨 코 나잉이 다음 방문지인 성聖 바울 교회로 우리를 안내했다. 소설에서 플로리가 정부情婦인 버마 여인에게서 공개적으로 모욕을 당하는 곳이다. 함석지붕 아래에 나무 벤치들이 줄지어 있는 이 문 없는 작은 성공회 예배당은 모든 점에서 소설의 마지막 장면에 적합하다. 뇨 코 나잉은 하늘을 향해 세워진 네 개의 널판으로 만든 종탑 아래에서 종 치는 시늉을 하며 소설 속 그 구절을 암송한다. "저녁 6시가 거의 다 된 시각, 마투 노인이 밧줄을 잡아당기자 교회의 작은 종 탑에서 종소리가 땡그랑땡그랑 울려 퍼졌다."

카타는 청년 에릭 블레어의 경찰 이력이 끝나는 곳 이다. 그는 카타에 부임하고 6개월이 지났을 때 조기 사직을 신청한다. 1927년 여름에 영국으로 돌아와서, 집안사람들에게 인도 경찰관을 그만뒀다고 통고한다. 그러고는 두 번 다시 버마에도 인도에도 돌아가지 않 지만, 저물어가는 식민지 제국에서 봉사한 5년여의 세 월은 그에게 평생토록 깊은 흔적을 남겼다. 그 세월은 그의 성인기 삶의 첫 번째 에피소드를 형성했다. 그는 아시아의 숨 막히는 열기 속에서 식민지 체계의 동력 을, 그 뿌리 깊은 불의를, 자신이 지킨다고 여긴 그 잘 난 문명의 위선을 발견했다.

하급 경찰 에릭 블레어가 어떤 특별한 에피소드 때 문에 식민지 체계를 송두리째 거부하게 된 것 같지는 않다. 여러 가지 일들이 쌓이고 쌓여서, 냉철하고 논리적인 관찰을 통해서 그의 단절감이 서서히 무르익었다. 경찰관으로서 자기가 하는 일의 실상을, "제국의 더러운 일"을 조금씩 자각한 것이다.

오웰은 쉬이 열광하는 사람도 감상적이고 물렁한 사람도 아니었다. 그는 자신이 식민 체제와 연루된 사람임을 의식하고 있었다. 그의 가족사 전체가 그를 영국제국의 순수한 산물로 만들었다. 그의 부계 선조들은 자메이카의 농장주들이었다. 할아버지는 캘커타, 태즈메이니아 등지에서 목사로 활동했고, 아버지는 아편국 관리였다. 모계 쪽은 3세대에 걸쳐 하下버마 식민자들이었다. 때가 되었을 때 오웰은 소리소문 없이, 그러나 망설이지 않고 이 유산과 완전히 단절해 버린다.

좀 더 드물게 보는 사실은 그가 피식민자들에 대해서도 환상을 품지 않았다는 점이다. 그는 버마인들에 대해서도 그의 문체의 특징인 꾸밈없는 사실주의의 관점에서 서술한다. 오웰은 식민지 체제를 비판한 많은 이들처럼 버마인들을 희생자로 이상화하지 않고 토착민으로서의 인간성의 전모를 묘사한다. 자신들이 열등한 입장일 때는 능갈맞게 굴다가 가능성이 엿보이면 곧바로 잔인한 면모를 드러내는, 부처의 미소 뒤에 숨은 위선자들로 말이다. "나는 모든 것을 하나의 단순 이론, 즉 피압제자는 언제나 옳고 압제자는 언제나 잘못되었다는 이론으로 축약했다. 틀린 이론이지만, 그것은 자기 자신이 압제자일 때 절로 갖게 되는 느낌에서 기인하는 것이었다."[7]

1948년에 이루어진 버마 독립은 해방이라기보다는 지배층의 교체에 가깝다. 1962년에 일어난 쿠데타는 지독한 군사독재의 길을 연다. 점성가들에 에워싸인 네윈 장군이 주도하는 군부는 버마사회주의계획당(Burmese Socialist Program Party, BSPP)의 일당 독재로 국가를 통치했다. 마르크스주의와 불교를 혼합한 당 이념은 "인간과 주변 환경 간의 협력 체계"라는, 신기할 만큼 오웰적인 면모를 지니고 있었다. 군대, 즉 타트마

---

7) 같은 책.

도를 움직이는 힘은 피被포위신경증이 엿보이는, 약간은 편집광적인 민족주의에서 나온 열성으로, 샨족이나 카친족, 카렌족 혹은 로힝야족 같은 숱한 민족들의 분리주의적 성향을 그 자양분으로 했다. 이 군대가 구축한 감시와 억압 체계의 어떤 측면들은 오웰의 다른 책들을 상기시킨다.

1988년 8월 8일, 버마군은 8/8/88이라는 점성학적 길일에 시작된 학생 시위를 잔혹하게 진압한다. 군사정권은 '국가법질서 회복위원회(State Law and Order Restoration Council, SLORC)'가 된다. 전체주의 체제가 모두 그러듯이, SLORC는 새로운 토대 위에 사회를 재건하고자 한다. 버마는 미얀마로 이름이 바뀌고, 랑군도 양곤으로 개명되고, 10여 개의 다른 도시들도 이름이 바뀐다. 수도가 바다와 너무 가까워 외국 군대의 침입에 몹시 취약하다는 판단에 따라 수도도 내륙으로 옮긴다. 군인들은 점성가들의 조언에 따라 나라 한가운데에 새로운 도시 네피도를 건설한다. 색깔별로 구역이 나뉘고, 절반은 황량하기만 한 끝없이 긴 고속도로

들로 연결된 미래지향적인 꿈 같은 도시다.

2011년에 민주주의가 회복되면서 나라 전체에 많은 변화가 일어났지만, 군부는 여전히 막강한 영향력을 행사하고 있다. 민주주의가 군 사령부의 철저한 통제 하에 있다. 군사정권에 맞섰던 아웅산 수치가 장관이 되고 곧이어 국가고문이 되었지만, 그녀는 군부의 민족주의적인 주장을 대부분 따르고 있으며, 소수 민족에 대한 탄압을 굳건히 지지한다.

"버마가 오웰의 책 세 권에 영감을 주었다는 말이 오랫동안 농담처럼 떠돌았어요" 오웰의 책을 미얀마어로 번역한 투레인 윈이 말한다. "식민지 압제에 관해 이야기한 《버마 시절》 이후, 이 나라의 군사정권 역시 《동물농장》과 《1984년》의 모델로 쓰였습니다." 랑군 대학 근처 상업지구에 있는 어느 카페 앞, 거대한 나무들이 영국인들이 남기고 간 건물들을 에워싸고 있는 곳에서 투레인은 자신이 언제부터 오웰의 팬이 되었는지 설명한다. 그의 경우 역시 카타의 아마추어 역사학자 뇨 코 나잉의 발견 경험과 유사한 측면이 있다. "하카 주의 소도시에 살던 청소년 시절에 선생님의 서재에서 《버마 시절》을 발견했어요. 그 책을 읽고, 제가 수년 전부터 찾고 있던 작가를 마침내 찾았다는 사실을 깨달았습니다. 사태를 서술하는 방식이 제가 읽고 싶어 하던 바로 그것이었죠."

투레인은 오웰의 《수필집Essays》 미얀마어판 첫 번역을 마쳤다. "지금은 오웰의 영어판 책을 어디서나 관광객에게 팔지만, 미얀마어 번역판은 거의 없습니다."투레인이 말한다. "제가 오웰의 수필집을 번역하려고 한 건 그가 보고 겪은 일들을 사람들이 읽고 이해했으면 하는 바람에서였습니다. 엄청난 작업입니다. 어떤 단어들은 버마어에는 없어서 상응하는 말을 만들어내야 하죠. 제가 가장 높이 평가하는 것은 오웰의 정직성입니다. 그는 모든 것을 말합니다. 자신이 어떻게 해서 식민지 경찰관이 되었는지를 이야기하고, 모든 사람이 자신을 혐오했다고 말합니다. 승려들이 자신을 조롱했다고 말하고, 그들의 배를 갈라버리고 싶었다고 씁니다. 그런 말을 감히 내뱉을 수 있으려면 큰 용기가 필요하죠."

에릭 블레어의 버마 시절 5년은 이 미래의 작가의 인격 형성에 깊은 영향을 미쳤다. 그는 자신의 환경과 단절했고, 권력 기관에 대한 그의 경계심과 제국 체제에 대한 거부감은 한층 강화되었다. 이제 그가 할 일은 아직은 흐릿하게 남아 있는 그 생각들을 조직화하는 것이었다. 그러면 새로운 인생길이 열릴 수 있었다. 그는 작가가 되기로 한다.

# 3. 파리의 포도鋪道 위에서

파리 시 지도에서 코크도르 로路를 찾아봐야 헛일이
다. 그것은 에릭 블레어/조지 오웰이 1928년에 살았
던 파리 5구의 포드페르 로를 모델로 한 가상의 지명
이다. "무척 비좁은 거리였다. 문둥병에 걸린 듯한 높
다란 집들이 와그르르 무너지는 도중에 시간이 멈춰
버린 듯, 서로에게 비스듬히 기울어진 상태로 기이하
게 굳어 협곡을 이룬 것 같았다." 그는 그의 파리 시절
에 관한 책《파리와 런던의 밑바닥 인생》에 이렇게 적
고 있다.

그는 트루아 무아노 호텔에 묵었다. "어두컴컴하고 낡아빠진 토끼장 같은 5층 집으로, 나무 칸막이를 세워 40개의 방으로 쪼개놓은 곳이었다. (…) 방은 조그만 데다 늘 더러웠다. 여주인이자 한 명뿐인 직원인 F 부인이 시간이 없어서 청소를 못 하기 때문이었다."

호텔 아래층에는 토요일 저녁에 동네 주민들의 만남의 장소로 쓰이는 작은 술집이 있었다. "담배연기 자욱하고 바닥에 타일이 깔린 홀에 스무 명가량의 사람들이 가득 차 있었다. 실내는 귀가 멍할 정도로 시끄러웠는데, 저마다 기를 쓰고 자기 얘기를 하려 하거나 목청껏 대중가요를 불러댔기 때문이었다…. 새벽 1시 반, 마지막 한 방울의 즐거움마저 사라지고 나면 남는 것이라곤 두통뿐이었다. 우리는 황홀한 세상의 찬란한 주민들이 아니라 궁상맞고 비참하게 취한 저임금 노동자들일 뿐임을 깨달았다."

이 매력적인 건물의 흔적 역시 오늘날에는 찾아볼 수 없다. 지금의 포드페르 로는 건물들의 외관이 깨끗하고 포도鋪道도 흠잡을 데 없이 말끔한, 관광객들이 즐겨 찾는 골목으로 변해 카페며 맥주홀, 프랑스 식당, 일식당 등 열두어 가게들의 테라스가 늘어서 있다.

이 거리 6번지의 그 호텔과 조지 오웰이 노동자들과 함께 싸구려 적포도주를 마시던 더러운 테이블들이 있던 불결한 선술집은 '플래닛-치차 닷컴'이라는, 물담배를 피우는 바로 바뀌었다. 연기 가득한 테라스에 티셔츠 차림의 젊은이들이 스마트폰 위로 고개를 숙인 채 물담배 파이프로 보글보글하는 소리를 내고 있다.

오늘날 빈민들은 파리 중심지에서 멀리 떨어진 곳, 외곽순환도로 건너편이나 넓은 교외 지역에 산다. 오웰이 살던 시기에는 아직 그렇지 않았다. 1928년의 콩트르스카르프 지구는 비위생적인 건물에 "구두 수선공, 미장이, 석공, 잡역부, 학생, 매춘부, 넝마주이" 같은 소시민들이 뒤엉켜 사는 서민 지역이었다. 조지 오웰의 이름은 아직 에릭 블레어였다. 그는 몇 달 전 식민지 경찰에 사직서를 내고 버마에서 돌아왔다. 그는 작가가 되려고 해 가족들에게 큰 당혹감을 준다. 당시 파리는 영국과 미국의 젊은 작가들이 오고 싶어 하던 곳이었다. 수년 전에는 헤밍웨이가 같은 지구의 카르디날 르 무안 로에서 살았고, 어느 날엔가는 오웰/블레어가 어느 테라스에서 제임스 조이스를 알아보기도 했다. 프랜시스 스콧 피츠제럴드가 보지라르 로에 살고 있었고, 2년 후에는 헨리 밀러가 파리에 온다.

하지만 오웰/블레어는 이 즐거운 망명자들과 어울리지 않았다. 그에게 파리는 축제의 장소가 아니었다. 그는 영어 강습을 해서 버는 푼돈으로 힘들게 살았다. 처음으로 프랑스어로 기사를 써서 〈시민의 진보〉라든가, 앙리 바르뷔스Henri Barbusse가 운영하던 세련된 인텔리 공산주의 잡지 〈세계〉 같은 언론에 기고하기도 했다. 본명인 E. A. 블레어로 글을 발표했다.

그는 가난한 이들의 삶을 직접 체험해보고자 걸인으로 가장했다. 이미 영국에서, 더러운 낡은 옷을 입고 무료 숙박소에서 잠을 잤다. 그 '로징 하우스'들은 하루가 끝날 때쯤 문을 여는데, 담배를 소지하지 못하게 했다. 발랄하고 유쾌한 영국의 이면을 발견한 이튿 졸업생은 이 첫 경험에서 착상한 에세이 〈무료 숙박소 The Spike〉를 써서 〈뉴 아델피〉라는 잡지에 발표했다.

그는 파리에서도 가난한 생활을 하지만, 트루아 무아노 호텔 숙박비와 식대를 내기에 충분한 돈을 갖고 있었다. 그런데 어느 날 갑자기 이런 보헤미안의 삶과 사회학적 경험이 기이하게 혼합된 생활이 중단되고 궁핍은 현실이 된다. 파리에 도착하고 몇 달이 지났을 때, 어느 행실 나쁜 투숙객(그가 하룻밤을 함께 보낸 바람기 있는 여공의 소행이라고 말하는 전기작가들도 있다)이 그의 얼마 안 되는 저축을 훔쳐가버린 것이다. 오웰/블레어는 돌연 말 그대로 알거지 신세가 된다. 어쩔 수 없이 그는 우선 옷가지들을 저당 잡힌다. 그러다 돈을 남김없이 써버리고는 어쩔 수 없이 호텔을 떠나 거리로 나선다. 벤치에서 잠을 자고 담배꽁초를 줍기도 하지만, 배가 고파 결국에는 무슨 일이든 찾아 나서지 않을 수 없게 된다.

그는 리볼리 로 혹은 콩코르드 광장의 X호텔(자료들에 따르면, 크리용 호텔 아니면 로티 호텔이었던 같다) 주방에

접시닦이로 취직한다. 크리용 호텔은 지금도 파리에서 가장 화려한 호텔 중 하나로 손꼽힌다. 이 유서 깊은 특급 호텔 안뜰에 있는 식당 오몽은 "여행객과 여유로운 파리 시민"을 호사스러운 환경 속으로 맞이한다. 중국이나 중동의 부유한 가족들이 넓은 파라솔 아래에서 굴과 연어 요리를 맛본다. 살롱에서는 회갈색의 두꺼운 양탄자가 모든 소음을 흡수한다.

주방 문 너머에서 죽도록 고생하는 직원들과 불과 몇 미터 떨어진 곳에 그런 부유층의 세계가 있는 것이다.

접시닦이는 레스토랑 주방 내 서열 최하단에 위치한다. 오늘날 파리의 레스토랑에서는 주로 이주민들이 그 일을 맡고 있으나, 오웰이 살던 시대에는 가장 무능력한 직원들이 그 일을 맡았다.

"그들은 장래성이 전혀 없는 일, 어떤 사회적 자격도 요구되지 않고 별로 열정을 불러일으키지도 않는 매우 힘든 일을 해야만 한다…. 접시닦이에게 요구되는 것이라고는 항상 준비된 상태로 질식할 듯한 곳에 오랜 시간 머무르는 것뿐이다. 그들에겐 미래의 전망이 완전히 막혀 있다. 그들이 버는 돈으로는 동전 한 푼 저축하기 힘들고, 매주 60시간에서 100시간씩 일에 시달리다 보면 진짜 직업을 가질 수 있는 기술을 배워야겠다는 생각조차 할 겨를이 없기 때문이다"라고 오웰은 적는다.

X호텔의 주방 뒷방에 대한 묘사는 이 책의 돋보이는 대목들 중 하나다. 찌는 듯한 열기 속에서 요리사, 웨이터, 접시닦이들이 이리저리 뛰어다닌다. 주방과 직원들의 위생 상태가 매우 미심쩍다. "직원 전용 공간 안으로 들어서면 역겨운 불결함에 충격을 받는데 (…) 주방의 불결함이 유난히 더 눈에 띈다."

그가 이 호텔 다음에 일한 다른 레스토랑은 상황이 더 나빴다. 오웰/블레어는 가식적으로 겉만 전통적으로 장식한 작은 레스토랑 '오베르주 드 제앙 코타르'에 고용된다. 주방은 X호텔보다 훨씬 더 역겨웠다. 쓰레기통이 차서 넘쳐나고, 바닥은 음식 찌꺼기로 뒤덮여 있었다. 러시아에서 온 백인 주인은 파리에 망명한 제정 러시아 장교 출신으로 사기꾼이기도 했다. 오웰/블레어는 한 번도 임금을 받지 못한 채 공공 벤치에서 잠을 자야 하는 신세가 된다.

그는 바닥까지 추락한다. "접시닦이는 현대세계의 노예다"라고 그는 적는다. 고용인과 고용주의 관계 중 이보다 더 단순한 관계를 찾기는 어렵다. 고용인은 자신의 근육의 힘과 끈기를 팔아 내일까지만 생존할 수 있는 임금을 받는다. "그들의 일은 노예가 하는 일일 뿐, 아무런 기술도 필요치 않다…. 딱 삶을 유지하는 데 필요한 만큼의 임금만 받는다. 유일한 휴가는 해고당했을 때뿐이다."

그는 수개월 동안 그런 리듬으로 생활한다. 1929년 말 영국의 누군가가 그에게 지적장애아를 보살피는 일을 제안하자 그는 영국으로 돌아가기로 한다. 그 일을 하기로 마음먹지만, 그가 영국에 도착했을 때 그 자리는 이미 없어진 뒤였다. 그는 다시 거리로 나앉는다. 영국의 수도는 경제위기의 타격이 극심한 상태였고, 수많은 실업자들이 구걸로 연명하는 처지였다. 떠돌이 찰리 채플린처럼, 그는 낡은 외투에 구멍 난 신발을 신고 도시를 돌아다녔다. 샌드위치맨 일을 하기도 한다. 또다시 그는 공립이나 사립 무료 숙박소에서 잠을 자는데, 숙박소의 때며 더러운 몸뚱이들 틈에서의 그 끔찍한 혼숙 생활에 대해 자세히 서술한다. "누더기를 입은 긴 행렬이 문이 열리기를 기다리고 있었다. 신분과 나이는 다양했다. (…) 할 일 없는 그 맥 풀린 군상은 실로 꼴사나웠다. 결코 악의에 찬 위험한 존재들 같지는 않았지만, 볼품없고 너절한 패거리였다. 거의 모두가 누더기를 걸쳤고, 한눈에 보기에도 부실한 몰골들이었다."

오웰은 아일랜드 출신의 떠돌이 패디와 친구가 되어 런던 시내를 돌아다닌다. 한 달에 한 번 이상 같은 무료 숙박소에서 자는 것은 금지되어 있었으므로, 두 친구는 다른 보호소를 찾아 수 킬로미터를 걸어다녀야 했다. 그들 팀에 보조라는 또 다른 동반자가 합세한다. 보조는 길바닥에 그림을 그려 푼돈을 버는 거리의 화가였다. 미술전문학교 출신인 보조는 재능이 없지 않았고 어느 정도 교육을 받기까지 했다. 세계대전 참전 용사이기도 했던 그는 파리에서 페인트공으로 일하던 중 비계에서 떨어지는 사고로 발 한쪽이 망가졌다. 거리의 화가로 일해봐야 벌이라고는 입에 겨우 풀칠하는 정도였다. 성가대 가수나 손풍금 연주자, 성냥팔이처럼 거지나 진배없었다.

오웰은 이 불운한 두 동료와 함께 무료 숙박소들을 전전한다. 그런 와중에도 자신의 사회학적 연구를 계속해나간다. 거지들이 쓰는 은어隱語들을 기록하고, 하룻밤을 나는 여러 가지 방법의 목록을 각각의 장단점과 함께 정리한다. 템스 강 부두 위 '임뱅크먼트'[8]에서 신문지로 몸을 감싸 추위를 견디며 자는 방법이 있다. 그러려면 빈 벤치를 찾아야 하고 경찰에게 들키지 않아야 한다. 벤치 앞에 2펜스짜리 밧줄을 하나 팽팽하게 설치해 여럿이 거기에 몸을 기대고 잠을 자는 방법도 있다. 하룻밤에 4펜스를 내고 관棺, 다시 말해 방수

---

8) 템스 강 북쪽의 강둑─옮긴이.

포를 덮은 나무상자를 빌려서 자는 방법도 있다. 그 밖에도 몇 펜스나 1실링을 내는 여러 범주의 간이숙소들이 등장하는데, 문제는 "잠을 자려고 돈을 내도 잠을 자기가 거의 불가능하다는 점이다."

오웰은 식사를 무료로 제공하기 전에 반드시 예배에 참여하도록 요구하는 기독교 자선 기관들도 언급한다. 그런 구호 활동이 불러일으키는 앙심을 이렇게 증언한다. "남들의 자선을 받는 인간은 한결같이 자선가에 대한 격한 증오심을 품는다."

그의 떠돌이 행각은 런던 바깥으로까지 이어진다. 그는 다른 부랑자들과 함께 켄트 주로 가서 저임금의 고된 날품팔이 일인 홉 수확을 하기도 한다.

수개월에 걸친 이런 궁핍한 생활은 그에게 극빈자들의 조건에 대한 성찰을 불러일으킨다. 그는 떠돌이들은 "당신이나 나와 같은 인간이며, 그들이 당신이나 나와 똑같지 않다면 그것은 그들의 생활방식의 결과이지 원인이 아니다"라고 쓴다. "사람들이 이 엄연한 사실을 받아들인다면 떠돌이들의 처지에 자신을 대입

해볼 것이고, 그 생활이 어떤지 이해할 것이다. 그것은 대단히 허무하고 극도로 끔찍한 생활이다." 그들이 겪는 고통은 배고픔, 여자 없는 삶, 강요된 한가로움이다. "강조해야 할 것은 떠돌이들이 감내하는 그 고통이 완전히 무용하다는 사실이다. 그들은 아무런 소득 없이 지극히 힘든 삶을 산다."

그의 결론은 개인적 경험을 바탕으로 한 것이다. 장차 작가로서 그의 주된 특징이 되는 이것이 오늘날에도 그를 이 시대의 작가처럼 잘 읽히는 작가로 만드는 이유 중 하나다.

"직접 가난을 경험해보고 확실하게 알게 된 두세 가지를 강조하고 싶다. 나는 다시는 떠돌이들을 전부 불한당에 주정뱅이라고 생각하지 않을 것이요, 거지에게 한 푼 주었을 때 그가 나에게 고마워하리라는 기대도 다시는 하지 않을 것이며, 실업자가 기력이 없다고 해도 다시는 놀라지 않을 것이다. 다시는 구세군에 단 한 푼도 헌금하지 않을 것이요, 내 옷을 저당 잡히지도 않을 것이요, 누군가가 내미는 광고 전

단을 거절하지 않을 것이며, 큰 식당 테이블에 미리
부터 침을 흘리며 앉지 않을 것이다. 우선 그렇게 시
작하자."

《파리와 런던의 밑바닥 인생》은 잭 런던과 찰스 디
킨스에게서 영감을 받은, 자서전과 룸펜-프롤레타리
아에 대한 조사가 혼합된 독특한 책이다.

이 책은 기자記者가 조사 대상인 사람들의 생활 여
건을 공유하는 잠입 취재 기법을 이용한 책으로도 유
명하다. 물론 오웰이 이 기법을 이용한 최초의 저자는
아니다. 이미 19세기 빅토리아 여왕 시대에 영국 저
널리스트 헨리 메이휴Henry Mayhew가 유명한 르포르
타주 연작《런던의 노동자들과 빈민London Labour and
the London Poor》을 출간한 바 있다. 1887년 미국에서
는 넬리 블리Nellie Bly라는 집요한 리포터가 정신병자
들의 생활 여건에 관한 책을 쓰기 위해 스스로 정신병
원에 갇힌다.《정신병동에서의 열흘Ten Days in a Mad-
House》이라는 제목으로 출간된 그녀의 책은 대중의
공분을 자아내 결국 정신병동 체계의 개혁을 이루어

냈다. 1902년에 잭 런던은 알래스카의 얼음장처럼 고독한 생활을 청산한 후 런던의 이스트 엔드에서 부랑자로 가장해 생활해보고는 그 경험을 바탕으로 또 하나의 야생세계, 즉 세계에서 가장 부유한 도시 한가운데에 있는 가난의 세계를 1인칭 시점의 르포르타주로 묘사한 《밑바닥 사람들The People of the Abyss》을 출간한다.

이 방법은 지금도 계속 아류들을 양산하고 있다. 1980년대에 독일 저널리스트 귄터 발라프Günter Wallraff는 터키 노동자로 위장해 이주민들의 생활 실상을 고발하는 1인칭 서술 형식의 보고서를 쓴다.

"그런 르포르타주를 쓰려고 할 때는 그(오웰)를 생각하지 않을 수가 없죠." 그렇게 플로랑스 오브나Florence Aubenas는 말한다. 그녀는 2010년에 출간된 《위스트르앙 부두Le Quai de Ouistreham》를 쓰기 위해 여러 달 동안 연락선을 청소하는 청소부로 일했다. "그의 훌륭한 점은 정직하게도 자신의 방법에 대해 스스로 의문을 제기했다는 점입니다. 더욱이 그는 거지들과 연대한다고 해서 사회 문제가 해결되는 게 아니라는 사실을 인정하죠. 아마 그것이 그가 주는 가장 큰 교훈일 거예요. 사람들을 그들의 의사에 반해서 보호할 수는 없다는 것 말입니다.”

런던에 관한 긴 앙케트 〈이것이 런던이다This is London〉로 전 세계에서 몰려드는 새로운 빈자와 이주자들을 추적한 영국 저널리스트 벤 주다Ben Judah는 오웰에 대해 좀 더 신중하게 말한다. “물론 누구도 그를 본받지 않을 수는 없지요.” 그도 인정한다. “하지만 나는 그가 사용한 방법을 되풀이하지 않으려고 했습니다. 특히 그는 철저히 당사자들 대신 말하고, 대신 판단하고, 거기에서 결론을 끌어내려고 했지만, 나는 그들이 직접 말하게 하려고 애썼습니다.”

하지만 오웰은 단순히 현장 앙케트를 한 것이 아니다. 그의 잠입 취재 체험은 저널리스트적·문학적 앙케트를 훨씬 넘어선다. 그가 파리에서 경험한 가난은 엄연한 현실이었다. 가족에게 도움을 요청할 수도 있었을 테지만 그는 그러지 않았다. 거기에는 자신의 편견들을 초극하려는, 사회계급의 장벽을 부수고자 하는 거의 자학적인 시도 같은 측면도 있었다. 성 시프리언 기숙학교에서 보낸 어린 시절부터 영국의 엘리트 양성소인 이튼에 이르기까지 줄곧 그의 뇌리를 사로잡고 억압해온 그 체계 말이다. 그에게는 자신의 편견과 계급의 편견을 떨쳐내려는 고행의 의지가 있었다. 그렇지만 그것을 완전히 떨쳐내지는 못한다. 한 작품에서 그는 감옥에 갇히기 위해 경찰 체포를 자청했던 이야기를 서술한다. 술에 취해 경찰이 보는 앞에서 난동을 부려보지만, 경찰은 그가 '퍼블릭 스쿨' 출신임을 즉각 확인하고는 집으로 돌아가라고 친절하게 권한다.

나중에 오웰은 자신의 방식에 대한 설명을 시도하면서 그것을 버마에서 식민지 경찰 생활을 했던 세월과 연관 짓는다. "나는 속죄해야 할 엄청난 죄책감의 무게를 의식하고 있었다. 과장처럼 들릴 수도 있겠지만, 스스로 도저히 인정할 수 없는 일을 5년 동안이나 해보면 아마 당신도 똑같이 느끼게 될 것이다…. 나는 나 자신이 제국주의에서 벗어나야 함은 물론, 인간에 대한 인간의 모든 형태의 지배에서도 벗어나야 한다고 느꼈다. 스스로 완전히 밑바닥까지 내려가 억압받는 사람들 사이에 있고 싶어졌다. 그들 중 하나가 되어 그들 편에서 억압자들에 맞서고 싶어졌다. 모든 것을 혼자 생각해야 했기 때문에 억압에 대한 증오심을 유난히 길게 끌고 갈 수 있었다. 당시에는 실패만이 유일한 미덕처럼 보였다. 조금이라도 자기 발전을 생각한다면, 심지어 한 해에 몇백 파운드를 버는 정도의 성공이라도 바란다면 비열한 일인 것 같았다."

1930년대 초, 오웰은 결국 가족 곁으로 살러 간다. 그는 글쓰기에 본격적으로 뛰어드는데, 가난 체험이 그의 첫 번째 주제가 된다. 그 글의 원래 제목은 '접시닦이의 일기'였다. 처음에는 여러 출판사로부터 출간을 거절당했다. 당시 페이버 앤드 페이버 출판사에서 일하던 극작가이자 시인 T. S. 엘리엇은 파리 부분과 런던 부분이 구조화되어 있지 않다는 이유로 거부의 편지를 보낸다.

하지만 그 책은 결국 좌파 출판인 빅토르 골란츠

Victor Gollancz의 관심을 끌었고, 그에게서 출간을 제안받는다. 에릭 블레어는 가족의 명예를 생각해서 이 책을 새로운 필명으로 출간하고자 한다. 그런 다음 케네스 마일스, 루이스 올웨이스, 그리고 서퍽 주의 작은 강 이름에서 따온 조지 오웰 등 여러 필명을 제안한다. 골란츠는 그에게 마지막 이름을 필명으로 쓰라고 조언한다. "조지 오웰은 그렇게 탄생했다. 루이스 올웨이스가 아닌 것이 얼마나 다행인가." 그의 전기를 쓴 버나드 크릭Bernard Crick은 그렇게 적고 있다.

'접시닦이의 일기'라는 제목도 '파리와 런던의 밑바닥 인생'으로 바뀌었다. 책은 1933년 1월 골란츠 출판사에서 출간되어 약간의 성공을 거둔다. 이제 에릭 블레어는 작가가 되었다. 조지 오웰의 새로운 삶이 시작된다.

# 4. 노동자들 틈의 지식인

굴뚝들이 연기를 토해내길 멈추었고 탄광들은 문을 닫았다. 맨체스터 동부의 옛 광산업 지역 랭커셔에는 리버풀과 리즈를 연결하는 운하가 있다. 그 운하 양옆으로 황량한 공장과 버려진 창고들의 붉은 벽돌담이 늘어서 있다. 19세기 중반에서 20세기 중반까지 이 지역은 영국 중공업의 심장부였다. 채탄과 철강공업이 푸른 들판을 쇠와 벽돌과 그을음의 새로운 세계로 변화시켰고, 탄광과 수공업을 중심으로 발전한 도시들은 영국 산업의 힘을 상징했다.

오늘날 그곳의 풍경은 사라진 문명의 풍경 같다. 탄광의 쓰레기를 버리던 장소들은 나무들이 우거진 언덕이 되었고, 공장과 창고는 사무실과 아파트로 전환되거나 가시덤불과 무성한 잡초로 뒤덮였다.

석탄을 용광로까지 운반하고 쇠를 리버풀의 조선소까지 운반하는 데 쓰이던 그 운하는 수면에 V자 형태의 작은 궤적을 그리는 오리와 쇠물닭들의 보금자리가 되었다. 목재를 끌어내는 데 쓰이던 작은 도로를 지금은 이어폰을 귀에 꽂은 조깅족과 형광색 조끼를 걸친 사이클족이 달리고 있다.

거기서 좀 더 가면, 휘어진 수상 도로 바닥에 끼워진 두 개의 레일이 위건 부두의 유일한 흔적으로 남아 있다. 석탄 광차鑛車들의 내용물을 수송선에 쏟아붓는 데 쓰이던 그 설비는 1936년 오웰이 맨체스터 지역의 이 작은 노동자 도시에서 한 앙케트 덕에 유명해졌다.

오웰은 경제위기가 한창이던 그해 2월 겨울에 위건으로 온다. 그의 책을 낸 출판인 빅토르 골란츠가 새로 기획한 총서 '좌파 도서 클럽'에 넣을 노동자 계층의 생활 여건에 관한 책을 한 권 써달라고 그에게 요청했다. 그러면서 선인세로 당시로는 상당한 거금인 500파운드 스털링을 그에게 지급했다.

오웰의 취재 기간은 두 달이었다. 그는 맨체스터 지역의 다른 도시인 반즐리와 셰필드 등도 방문하지만, 이곳 위건에서 많은 시간을 보냈다.

이 여행에서 구상한 책 제목 '위건 부두로 가는 길 The Road to Wigan Pier'은 선착장을 해수욕장 산책에 비유해 큰 인기를 끌던 당시의 어느 농담에서 따왔다. 20세기 초의 유명 뮤직홀 가수 조지 폼비George Formby가 이 표현을 대중화했다. '위건의 종달새'라는 별명을 가진 그는 영국 북부 노동자의 억양으로 대중을 웃겼다. 그의 떠돌이 배역이 찰리 채플린에게 영감을 주어 샤를로Charlot라는 인물이 탄생한 거라고 사람들은 말한다. 위건은 영국에서 가장 가난하고 침울한 노동자 도시 중 하나로 여겨졌기에 그런 표현은 대중의 폭소를 자아내곤 했다.

오웰은 노동자들의 삶을 직접 체험하기 위해 노동

자의 집에 묵으려고 한다. 사회주의 활동가들의 추천서를 지닌 그는 달링턴 가街 22번지의 천엽 가게 위층을 하숙방으로 정한다. 책 첫머리에 서술되는 장소 묘사가 책 전체의 어조가 된다. 아파트는 더럽다. 여주인 브루커 부인은 몸이 아픈 끔찍한 노파이고, 그녀의 남편은 버터에 손도장을 남기는 "놀랄 만큼 더러운" 사람이다. 식사는 "언제나 역겹다." "아침 식사 때 식탁 밑에 오줌이 가득 든 요강이 있는 것을 본 날, 나는 떠나기로 마음먹었다"라고 오웰은 쓴다.

도시에 대한 묘사도 침울하다. "탄광의 쓰레기 더미들로 이루어진 음울한 풍경이 사방에 펼쳐져 있고, 북쪽에는 그 쓰레기 더미들 사이 골짜기로 연기를 내뿜는 공장 굴뚝들이 보였다. 운하는 재가 뒤섞인 얼어붙은 진창길이었는데, 나막신 자국이 여기저기 무수히나 있었다…."

그는 반복을 무척이나 좋아해서 '소름 끼치는' '끔찍한' '무시무시한' '역겨운' '망측한' 같은 형용사들을 자주 사용한다. 이 책은 그가 자신의 문체를 처음으로 선보인 작품이기도 하다. 독자를 자신의 느낌에 동참시키기 위해, 증언하는 듯한 직접적인 구어를 사용한다.

"그중 어느 집 뒤뜰에서 젊은 여인 하나가 돌바닥에 무릎을 꿇은 채 부엌에서 나오는 배수관을 꼬챙이로 쑤시고 있었다. 어디가 막힌 모양이었다. 짧은 순간이었지만 올 굵은 삼베 앞치마며 꼴사나운 나막신, 추위에 빨개진 팔 등 그녀의 모든 것을 볼 수 있었다. 기차가 지나갈 때 그녀가 고개를 똑바로 들었고, 그녀와 나의 거리가 멀지 않아 그녀의 용모를 자세히 볼 수 있었다. 둥글고 창백한 그녀의 얼굴은 슬럼가의 젊은 여자들이 흔히 그러하듯 과중한 짐과 고역 때문에 스물다섯 살 정도인데도 마흔은 돼 보일 만큼 지쳐 있었다. 내가 엿본 그 짧은 순간 동안, 그 얼굴은 이제껏 내가 한 번도 본 적이 없는 더없이 슬프고 절망적인 표정을 짓고 있었다. (…) 그때 내가 그녀의 얼굴에서 본 것은 까닭도 모르고 당하는 짐승의 무지한 수난이 아니었다. 그녀는 자신에게 어떤 일이 벌어지고 있는지 충분히 잘 알고 있었다. 모진 추위 속에, 슬럼가 뒤뜰의 미끌미끌한 돌바닥에 꿇어앉아 더러운 배수관을 꼬챙이로 쑤시는 것이 얼마나 끔찍한 운명인지 그녀도 나만큼이나 잘 이해하고 있었다."

오웰은 사회적 참상 묘사에만 몰두하지 않았다. 광산촌을 방문하고, 시립도서관에 가서 자료들을 열람하고, 노동 시간과 임금을 계산하는 등 심층 조사도 진행했다. 큰 키 때문에 몸을 완전히 반으로 접은 채 석탄 광산 바닥으로 내려가기도 했다. 석탄 입자들로 푸르스름하게 얼룩진 광부들의 피부를 로크포르 치즈와 비교하기도 하지만, 그들에 대한 찬사도 잊지 않는다. "랭커셔와 요크셔 광부들은 친절했고 당혹스러울 만큼 예의 바르게 나를 대해주었다. 나로 하여금 열등감을 느끼게 하는 인간 유형이 있다면 바로 광부다." 광부는 서유럽에서는 완전히 자취를 감추었다. 그 직업이 아직 존속하고 있는 나라에서 광부들은 여전히 노동자 계급 안에서도 예외적인 자리를 차지하고 있다. 노동은 몹시 힘들고 아직도 위험한 환경에서 이루어진다. 2014년에 나는 친親러시아 분리주의 운동이 통제하고 있던 우크라이나 동부 돈바스의 어느 광산 막장에 내려갔다가, 그곳 광부들이 자신들의 직업에 대해 큰 자부심을 표현하는 것을 보고 놀란 적이 있다. 사진가 제롬 세시니와 나는 찌는 듯한 열기 속에서 갈수록 더 좁아지는 갱도 속을 기어 깊이 800미터 이상 내려간 끝에, 소련의 선전용 전단들에서 보듯 맨살을 드러낸 채 울퉁불퉁한 근육을 과시하며 검은 탄맥을 곡괭이로 파 고무로 된 무빙워크 위로 떨어뜨리는 막장 광부들을 발견했다. 우리가 막장 안에 머무는 동안 우크라이나군의 폭격 때문에 지상 설비들이 못 쓰게 되어버렸으므로, 우리는 함께 내려간 엔지니어와 광부들 무리와 함께 어둠 속에서 불안에 떨며 오랜 시간 힘들게 걸어 비상 갱도를 통해 다시 지상으로 올라와야 했다.

이 작품은 매력적이지만, 오웰의 책 중 가장 큰 논란거리가 된 책이기도 하다. 가장 먼저 불만을 표한 사람은 그에게 이 앙케트를 요청했던 출판인 빅토르 골란츠다. 1부는 광부들과 그 가족들의 생활 여건을 잘 묘사했지만, 2부는 훨씬 더 개인적인 내용을 다루었고 골란츠가 기대한 것이 전혀 아니었다. 2부에서 오웰은 노동자 계급을 사랑하고 옹호한다고 주장하는 좌파 지식인들이 사실은 극빈자들에 대해 뿌리 깊은 경멸감을 품고 있다며 격렬하게 비판한다.

준엄한 긴 독백에서 그는 이렇게 적는다. "사회주의는 과일주스 애호가들, 나체주의자들, 샌들 애용자들, 이상異常성욕자들, 퀘이커 교도들, 자연요법 신봉자들, 평화주의자들, 페미니스트들을 자석처럼 끌어당기고 있다." 처음에 골란츠는 2부 내용과 거리를 두는 서문을 책에 덧붙였으나, 이후의 개정판들에서는 아예 2부 전체를 깡그리 삭제해버린다.

위건 주민들도 이 책을 탐탁하게 여기지 않았다. "오웰은 심히 부당했고, 이 도시는 지금도 그 이미지 때문에 고통받고 있습니다." 체크무늬 재킷에 나비넥타이를 맨 지역 역사가 토마스 월시Tomas Walsh는 그렇게 말한다. 오웰이 체류했던 스콜스 지구에서 1954년에 태어난 토마스 월시는 당시 오웰과 마주친 적이 있는 사람들 틈에서 성장했다. "내가 어렸을 때 그의 이름은 비난의 대상이었습니다. 오웰은 마치 우리에 갇힌 원숭이들을 보듯 노동자들을 살펴보러 온 속물이었습니다.

우리가 가난했던 건 사실이지만 주택들은 흠잡을 데 없이 말짱했어요. 오웰은 그런 실상은 서술하지 않고 가장 나쁜 예들만 찾았지요. 그는 도착 직후 숙소를 바꾸어 천엽 가게 위층으로 살러 갔습니다. 처음에 간 아파트는 그리 더럽지 않아 책을 쓰는 데 필요한 이미지에 부합하지 않아서 말입니다."

이 도시는 산업도시라는 과거 때문에 특별한 정체성을 갖게 되었다. 여러 사회계급 간의 심각한 분열이 존속하는 영국에서(오웰이 집착하는 주제다), 위건은 근본적으로 노동도시로 남아 있다.

이곳 주민들은 말하는 방식이라든가 영국 북부 특유의 혀를 굴리는 억양과 전형적인 표현, 옷 입는 방식 등을 통해 자신들이 '워킹 클래스'에 속한다는 사실을 드러낸다. 마치 별개의 민족이라도 되는 양, 그들의 정체성은 거의 종족적인 양상을 보인다. 영국의 다른 도시들과 달리 위건의 거리에서는 비유럽 출신 이주자들이 거의 눈에 띄지 않는다. 반면 까까머리에 울긋불긋한 속옷을 착용하듯 팔과 목을 화려한 문신으로 뒤덮은 남자들, 귀나 코에 다이아몬드와 링으로 피어싱을 한 여자들은 픽트족(로마 정복기에 영국 북부에 거주했던 옛 부족)이 완전히 사라져버린 게 아니라는 느낌을 준다.

"오늘날에도 영국의 북부와 남부 간에는 실질적인 단절이 존재합니다." 〈위건 포스트〉 기자 앤드루 노웰 Andrew Nowell의 설명이다. 이 신문은 160여 년의 역사를 자랑하는, 이 나라의 가장 오래된 신문 중 하나다. "이 지역 사람들은 지금도 런던과 영국 남부를 딴 나라로 여기고 있습니다. 브렉시트 찬성 표결이 그 단절을 더욱 두드러지게 했죠. 맨체스터나 리버풀 같은 대도시들은 유럽연합에 남고자 했지만, 위건에서는 대다수가 반대표를 던졌습니다."

버밍햄 위쪽의 모든 것을 가리키는, "저 위쪽 북부는 음산하다"라는 말은 지금도 영국 남부 지역에서 상투적으로 쓰이는 표현이다.

시립도서관은 오웰이 광산업에 관한 통계와 저술을 살펴보려고 방문했던 당시의 모습 그대로다. 튜더 왕조 양식을 모방한 붉은 벽돌 건물 2층에 올라가면 속을 드러낸 골조 아래 나무 서가들이 줄지어 서 있다. 서가 하나가 오웰의 책들로만 채워져 있다. 배의 앞뒤 갑판을 연결하는 통로 같은 가교架橋를 통해 위층으로 올라갈 수 있다.

"위건은 과거 때문에 노동도시라는 확고한 정체성을 갖게 되었는데, 산업이 기울고 광산 관련 직업과 방직공장이 사라진 뒤 그런 정체성이 오히려 더 강화되었습니다." 문서보관소의 젊은 직원 알렉스 밀러Alex Miller가 말한다.

"주민들은 지금도 대부분 광부 집안 출신이고 옛 기억을 간직하고 있어요. 그들이 문서보관소에 와서 자기 집안의 내력을 살펴보곤 하는데, 개중에는 6~7세

대 이상 거슬러 올라가는 집안도 있죠. 사람들은 생활
은 힘들어도 자신들의 일에 자부심을 품고 있었습니
다. 모든 활동이 광석을 캐서 그것을 석탄으로 바꾸는
일, 즉 석탄 채취와 그 파생산업을 중심으로 돌아갔죠.
오웰이 다녀간 직후, 그러니까 2차 세계대전이 끝난
뒤부터 산업이 기울기 시작하더니, 1970년대 말에 광
산 대부분이 문을 닫았지요.

오늘날의 주민들은 이런 과거 때문에 오직 자신들
만 믿고 다른 교훈을 받아들이길 주저하는 습관이 몸
에 배었습니다. 오웰도 이곳에 머무를 때 그런 것을 약
간 간파했지요. 출신계급이 다른 이방인이었지만 그래
도 그런 풍조를 느낀 겁니다."

21세기 초의 위건은 1930년대처럼 음산하지 않다.
문을 닫은 가게와 진열창을 베니어판으로 막아버린
가게도 많지만, 도심 거리는 상큼한 편이다(비가 내리지
않을 때). 벽돌 건물들도 새롭게 단장하고 보수했다.

오웰이 묵었던 스콜스 지구 달링턴 가 22번지의 천
엽 가게는 지금은 사라지고 없다. 광산촌 대부분이 현

대식 건물들로 대체되었다. 극도의 궁핍은 사라졌다 해도, 가난은 풍경 속에 여전히 역력하다.

이 지역의 중심에 있는 '선샤인 하우스'는 극빈층 주민들에게 봉사하는 비영리단체다. 1976년에 설립된 단체로, 직원 40여 명이 2000명이 넘는 사람들을 돕고 있다. 이 단체 산하의 지역 협동조합 식료품점은 기본 식품들을 판매한다. 채소 한 봉지 값이 10펜스다. 구내 식당은 주중 3.5파운드, 주말 4파운드라는 저렴한 가격으로 점심을 제공한다. 매일 수백 명이 이 식당에서 식사를 한다. 또 행정서류 작성부터 창작교실에 이르기까지, 이 단체가 운영하는 다양한 강좌에 참여할 수 있다.

젊은 시인 루이즈 파자컬리Louise Fazackerley는 최근 글쓰기 강좌 주제를 오웰로 정했다. 그녀의 강좌에 참여하는 사람들이 보이는 반응은 아직은 엇갈린다.

"위건 사람들이 오랫동안 그를 별로 좋아하지 않은 건 사실이지만, 그래도 이젠 좀 바뀐 것 같아요." 은퇴 생활자인 테리의 말이다.

"내 생각에는 사람들이 그를 너무 보도 기자로 보는 것 같아요. 그는 정치적인 책을 쓰려고 했는데 말이에요." 루이즈가 그를 두둔하려는 듯이 말한다. "그는 사회의 변화를 촉구하려고 했어요. 그러니 사정이 그리 나쁘지 않다고 말할 수는 없었죠. 그로서는 가장 나쁜 것을 서술해야 했어요."

"그가 광부들의 생활 여건에 대해 묘사한 게 틀린 건 아니에요"라고 한 부인이 말한다. "하지만 우리 지역의 긍정적인 특징에 대해서는 입을 다물어버린 것도 사실이죠. 북부 사람들이 정직하고 부지런한 일꾼들이며 좀 더 단순하고 개방적인 사람들이라는 사실 말이에요."

이제 위건에서는 오웰의 이름이 과거만큼 논란의 대상이 되지는 않는다. 이곳의 그 유명한 부두에는 그의 이름을 딴 '더 오웰'이라는 펍이 하나 있었으나 수년 전에 문을 닫았다. 벽돌로 된 건물 정면이 비치는 운하와 도로 사이에 있는 큰 건물인데, 망루 꼭대기의 시계는 멈춰 섰고 문들은 폐쇄되었다. 건물 정면을 장식하고 있는 오웰의 초상화도 빛이 바래기 시작했다.

건너편 기슭에는 산책하는 사람들을 위한 나무 계단이 만들어져 있다. 계단 위에 흰 글자로 이렇게 적혀 있다. "위건 어딘가에 부두가 하나 있다는 소리를 듣거든 다른 사람들처럼 웃지 마시오. 주변을 한번 둘러보시오. 그러면 바로 여기서 그 부두를 보게 될 테니."

도심에 있는 또 다른 건물 '더 문 언더 워터'는 오웰이 〈런던 이브닝 스탠더드〉에 실은 한 기사에서 자신이 생각하는 이상적인 펍, 즉 "맥주와 음식이 있고 음악이 없는 따뜻한 분위기"의 펍에 붙인 이름을 가져다 쓴 펍이다. 체인점 '웨더스푼스' 소유인 이 펍의 메뉴판에는 오웰의 초상화가 복제되어 있다.

"《위건 부두로 가는 길》은 그의 시대의 책입니다. 그 시대는 지나갔지요." 시의회 행정수반인 데이비드 몰리뉴David Molyneux가 말한다. "오웰은 위건을 지도에 올려놓았고, 그건 위건 시에 득이 되는 일이었습니다. 그 책을 읽어보면 쇳가루 더미가 녹지로 변하고 공장 건물이 새로운 용도로 쓰이는 등 그 후에 생겨난 변화를 알 수 있습니다."

2017년, 위건 주민 알렉스 그레고리Alex Gregory는 조지 오웰의 책에 나오는 말들을 가사로 하여 노래를 작곡했다. 그 노랫말을 마음에 들어 한 오웰의 양자 리처드 블레어Richard Blair가 '오웰 협회'와 함께 이 도시를 방문했다. "저는 다른 노래들을 또 쓰기로 했고, 그것이 뮤지컬이 되었죠." 알렉스 그레고리가 말한다. "오웰이 쓴 이야기 줄거리를 그대로 따라가지는 않았습니다. 그가 이 도시의 한 아가씨와 사랑에 빠지는 이야기를 꾸며냈죠." 〈위건 부두를 넘어서Beyond Wigan Pier〉라는 그 뮤지컬은 시민의 기부와 시의 후원으로 만들어졌다. 위건 주민들이 주요 배역을 맡은 것은 물론이고 합창단과 오케스트라에도 참여했다. 2018년 4월, 위건 부두에서 멀지 않은 새 공연장 '더 엣지'에서 첫 공연이 있었다.

《위건 부두로 가는 길》은 출간 후 어느 정도 성공을 거둔다. 오웰로서는 처음 맛본 성공이었다. 하지만 그것보다 중요한 사실은 영국 산업도시에서 보낸 그

두 달이 그에게는 새로운 계시였다는 점이다. 버마에서 제국주의의 동력을 살펴보았다면, 위건에서는 노동조건의 실상을 발견한 것이다. 그는 이렇게 쓴다. "나는 노동계급을 이상화하지 않을 만큼 그 계급 사람들을 많이 만나보았지만, 이제 안다. 노동자들의 가정에 받아들여질 수만 있다면 거기서 많은 걸 배울 수 있다는 사실을 말이다. 나에게 그것은 필요한 접근이었다. (…) 진정으로 사회주의 편에 서기에 앞서 (…) 이 끔찍한 사회계급 문제를 이해하는 것이 절대적으로 필요하다."

오웰은 마르크스의 책을 접해본 적이 없었던 것이 분명하며(다른 어떤 정치이론가의 책도 마찬가지다), 오직 자신의 개인적 경험에서 자신만의 사회주의관觀을 끌어낸다. 그것은 모든 것을 파괴하는 혁명이 아니라, 정의와 절제가 지배하는 체제이자 하찮은 사람들이 존중받는 체제다. 시몽 레Simon Leys는 자신의 책《오웰 혹은 정치에 대한 공포Orwell ou l'horreur de la politique》에 이렇게 쓴다. "그의 방문 기간은 겨우 몇 주에 불과했지만, 사회적 불의와 가난한 삶과의 그 만남이 그에게는 전복적이고 결정적인 하나의 계시였다. 《위건 부두로 가는 길》은 그에게 다마스쿠스로 가는 길이었다."

그가 영국 파시스트 연합(British Union of Fascists, BUF) 집회에 참석해 창립자 오스왈드 모슬리Oswald Mosley의 연설을 듣고 파시즘의 득세를 엿본 것도 영국 북부에서의 그 짧은 휴가 동안의 일이었다. 귀족 출신으로 노동당 정치 활동 이력이 있는 모슬리는 무솔리니와 히틀러의 당에서 착안해 BUF를 창당했다. 이당은 결국 1940년에 해산되고 모슬리는 감옥에 가지만, 그 짧은 시간에 오웰은 당시 세계경제의 위기로 드러나던 자본주의 세계의 불의와 그 본질적 야만성이 어떻게 노동자와 서민계급을 새로운 유형의 정당 쪽으로 밀어붙였는지 깨달을 수 있었다. 전체주의적 사유 체계인 공산주의와 파시즘의 득세는 수년 후 2차 세계대전으로 귀결된다.

이 동란의 예행연습 같은 것이 오웰의 위건 방문 몇 달 후에 발발한다. 바로 스페인 내전이다. 오웰은 책

집필을 끝내기가 무섭게, 자신이 막 발견한 파시즘이
라는 새로운 적과 싸우기 위해 스페인으로 떠난다.

# 5. 총구 끝의 사상

"칼을 뽑는 자는 칼에 죽지만, 칼을 뽑지 않는 자들은 역겨운 질병으로 죽는다."[9]

1936년 말 오웰이 프랑스에서 기차를 타고 바르셀로나에 도착했을 때, 거리는 붉은색과 검은색 깃발들로 장식되어 있었다. 카탈루냐의 이 산업 대도시에서는 7월 17일 프랑코가 인민전선 정부를 전복하기 위해 일으킨 군사 쿠데타가 그에 맞서 무기를 든 무정부주

---

9) 조지 오웰,《스페인 내전 회고Looking back on the Spanish War》, 1942.

의자와 마르크스주의자들로 구성된 좌파 단체들의 봉기에 가로막혀 있었다. 여러 날 동안 카탈루냐 광장과 람블라스 거리에서 격렬한 전투가 벌어졌다. 혁명가들은 군대와 대립한 경찰의 도움을 받으며 쿠데타를 좌절시켰고, 둘로 쪼개진 스페인은 내전에 돌입했다.

카탈루냐의 주도州都는 혁명의 수도가 되었다. 도시는 전국노동자연맹(Confederación Nacional del Trabajo, CNT), 이베리아 무정부주의자연합(Federación Anarquista Ibérica, FAI), 통일노동자당(Partido Obrero de Unificación Marxista, POUM) 그리고 스페인공산당(Partido Comunista de España, PCE) 및 통일사회당(Partit Socialista Unificat de Catalunya, PSUC) 등 다양한 약호로 표기되는 여러 단체의 민병대에 의해 통제되었다.

바다 쪽으로 내려가는 람블라스 대로大路에는 붉은 스카프를 두른 무리가 어깨에 소총을 걸머진 채 확성기를 통해 들려오는 혁명가를 따라 부르며 이동하고 있었다. 바르셀로나에서 혁명이 시작되었다. 낮춤말이 규칙이 되고, 웨이터들은 부르주아 계급의 습속인 팁을 거부했다. 운송과 공공서비스, 기업은 집산화集産化되었다. 교회는 불탔고, 사제와 수녀는 총살되었다.

오웰은 그런 혁명의 분위기에 열광한다. 그는 이 스페인 경험의 결실인 《카탈루냐 찬가》에 이렇게 적는다. "그 모든 것은 기이하고도 매력적이었다. 거기에는 내가 이해하지 못하는, 어떤 면에서는 내가 좋아하지 않는 요소들이 많이 있었지만, 옹호받아 마땅한 특별한 상황이 거기에 존재함을 나는 즉각 인정했다."

그가 스페인에 상륙한 첫 외국인은 아니다. 스페인 내전은 당대의 큰 명분이었다. 전 세계의 지식인들이 각자 진영을 택해 몰려들었다. 우파와 가톨릭은 민족주의자들을 지지했고, 좌파는 공화주의자들 편에 섰다.

갈등은 국제화하고, 2차 세계대전의 총체적 예행연습이 된다. 나치 독일과 파시스트 이탈리아가 프랑코를 도와 무기와 비행기를 보내준다. 소련은 공화국을 지지하고, 프랑스와 영국은 우물쭈물 망설이며 참전을 거부한다. 새로운 유럽 전쟁을 감수하고라도 스페인 내전에 개입해 본의 아니게 스탈린과 공산주의자들을 도와야 하는가? 아니면 아무것도 하지 않고 파시스트 권력이 스페인 공화국을 파괴하도록 내버려 둬야 하는가?

민주국가들이 수수방관하는 것을 보고 수많은 사람들이 자원해서 공화파 진영에서 싸우러 스페인으로 간다. 그들은 공산주의 인터내셔널이 지휘하는 국제여단International Brigades에 배속되었다. 유럽과 미국의 많은 기자와 작가들도 마드리드와 바르셀로나에 도착한다. 대부분 이 전쟁을 보도하기 위해 종군기자로 온 것이다. 조셉 케슬Joseph Kessel, 앙투안 드 생텍쥐페리, 로버트 카파Robert Capa, 존 도스 파소스John Dos Passos, 어니스트 헤밍웨이 등이 마드리드에 있는 플로리다 호텔에 병영을 꾸린다.

오웰은 싸우기 위해 스페인으로 갔다. "누군가는 이 파시즘을 저지해야 합니다!"[10] 그는 런던의 어느 잡지 주간에게 말했다. 그는 돈을 빌리고 집안의 은그릇들

---

10) 버나드 크릭, 《조지 오웰의 생애George Orwell: A Life》, 1980.

을 전당포에 넘긴 다음 1936년 말에 바르셀로나 행 기차를 탄다. 스페인 여행 서류를 받기 위해 파리에 들렀을 때, 짬을 내어 헨리 밀러와 함께 점심을 먹는다. 헨리 밀러는 '바보 같은 짓' 하지 말라며 오웰을 말리려 한다. 이 미국 작가가 생각하기에 민주주의를 수호하러 가야 한다는 개인적 의무감을 느낀다는 건 웃기는 일이었다. 밀러는 결국 그를 설득하지 못하지만, 그에게 자신의 벨벳 재킷을 준다. 오웰은 스페인에 체류하는 내내 그 옷을 입고 지낸다.

바르셀로나에 도착한 후, 오웰은 도시 곳곳에 보이는 붉은 깃발과 푸른 제복 차림의 노동자들에게 얼마간 속아넘어간다. 사실 여름에 일어난 인민 혁명은 이미 막바지에 이르러 있었다. 이미 공산주의자들과 그들의 소련연맹이 공화파 진영을 통제하기 시작한 참이었다. 전쟁을 위한 분발과 인민전선의 전략이라는 미명하에 혁명은 기가 꺾여버린 상태였다. 독일에서 나치가 승리하자 스탈린은 코민테른에 사회주의자들과 연대하라는 명령을 내렸다. 스페인 공화국에 대한 소련의 군사원조(그 대가로 엄청난 양의 황금이 러시아로 가는 배에 실렸다)로 모스크바의 영향력은 점점 더 커지고 있었다. KGB의 전신인 NKVD(내무인민위원회)의 요원들은 비밀리에 공화파 진영 내의 반동들을 제거하기 시작했다.

조지 오웰은 국제여단의 활동에 참여하고자 했으나, 공산주의자들은 지나치게 독립적인 이 인물을 이미 경계하고 있었다. 영국에서도 당은 그를 지지하지 않았다. 아직 세계적 유명인사까지는 아니었지만, 오웰은 지금까지 출간된 책들 덕에 영국 좌파 진영에서 어느 정도 명성을 떨치고 있었다. 그는 영국의 극좌파 소규모 단체인 독립노동자당(Independent Labour Party, ILP)의 이 지역 대표 존 맥네어John McNair 앞으로 된 추천서를 들고 바르셀로나에 왔다. 이 운동가는 오웰이 자기소개를 할 때 '퍼블릭 스쿨' 출신 특유의 억양을 듣고 놀란다. 그는 오웰에게 전선을 한 바퀴 둘러볼 것을 제안한다. 하지만 오웰은 당시 지식인들 사이에 유행처럼 성행했던 일을 하러, 즉 전쟁을 구경하러 온 것도, 거기에 자기 모습을 드러내려고 온 것도 아니었다. "나는 파시즘에 맞서 싸우러 스페인에 왔다"라고 그는 말한다.

그리하여 그는 POUM(통일노동자당)에 배속된다. POUM은 코민테른 출신의 안드레우 닌Andreu Nin이 1935년에 창설한 작은 단체였다. 닌은 1920년대에 모스크바에서 활동하다가 스탈린에 반대한 전력이 있는 스페인 마르크스주의의 주역 중 한 명이었다. 내전 초기에 POUM은 스페인 공산당과 연합해 프랑코 장군파에 맞섰다. 하지만 스탈린이 유럽의 공산당들에게 혁명을 뒤로 미루고 사회당에 협력하라는 명령을 내렸음에도 불구하고 그는 급진적 사회혁명을 지지했다. 바르셀로나에서 POUM은 무정부주의자들이나 공산주의자들만큼 강력하지 못했다. 그의 소규모 독립 의용군의 군사장비는 소련 병기를 이용하는 국제여단보다 못했지만, CNT(전국노동자연맹)의 무정부주의자들보다 규율이 잘 잡혀 있었다. 상당수의 외국인들이 그의 진영에서 싸웠다.

오웰은 에릭 블레어라는 이름으로 병적에 등록되었고, 직업은 식료품상으로 기재되었다. 그는 군사교육을 받기 위해 '레닌 병사兵舍'라는 이름이 붙여진 바르셀로나의 옛 마사馬舍에 파견되었다. 아구스티 센텔레스Agustí Centelles가 우연히도 그 병사 앞에 선 신병들의 사진을 촬영했다. 카탈루냐의 위대한 사진기자와 아직 이름이 많이 알려지지 않은 영국 작가의 이 우연한 만남은 전쟁터에서 이따금 빚어지곤 하는 재미난 에피소드의 일종이다. 그 사진들은 전쟁이 끝나고 한참 지나서야 발견되었다. 공화파가 패하자 센텔레스는 프랑스로 피신했고, 필름을 프랑스 남부 카르카손에 숨겨두었다. 그는 1979년에야 그 필름들을 되찾는다. 스페인의 역사가 미켈 베르가Miquel Berga는 레닌 병사에서 찍은 그 사진들에서 다른 신병들보다 머리 두 개는 더 커 보이는 장신의 의용병에 주목한다. 그가 바로 조지 오웰이었다.

당시 POUM의 기관지는 이 자원병의 도착을 이렇게 특기했다. "1월 초, 우리는 바르셀로나에 방문한 에릭 블레어를 맞이했다. 그는 영어권 좌파 지식인들 사이에서 높이 평가되는 작품들을 쓴 유명한 영국 작가다. 블레어 동지는 노동자들을 위해 봉사하고 싶다고 말하며 바르셀로나에 도착했다. 그의 문학적 재능이나 지적 능력을 고려한다면, 그가 바르셀로나에서 수행할 수 있는 가장 유익한 일은 영국의 사회주의 여론 기관들과 상시 접촉하는 선전기자 일일 것이다. 하지만 그는 '나는 전선에서 투사로 싸우는 것이 노동자들에게 더 유익할 거라 판단했다'라고 말한다. 그는 바르셀로나에서 정확히 일주일을 보냈으며, 지금은 아라곤 전선에서 POUM의 스페인 동지들과 함께 싸우고 있다."[11]

자원병들이 받는 군사교육은 초보적이었다. 신병들은 며칠 동안 총기 다루는 법만 훈련한 후, 총 한 방 쏘아보지 않고 전선에 파견되었다. 오웰은 동료들처럼 구식 모제르 소총과 탄창 열댓 개를 소지했다. 그는 대

---

11) 빅토르 파르도, 《오웰, 우에스카에서의 커피 한 잔》, 2017.

전투가 벌어진 곳, 프랑코 장군파에 포위된 마드리드를 방어하러 가지 못해 실망했다.

그의 대대장 조르주 코프Georges Kopp는 키가 크고 야윈 오웰만큼이나 눈에 띄는 체격이었으며, 괴짜이기도 했다. 러시아에서 태어나 벨기에서 엔지니어로 활동한 코프는 공화파 진영에 합류한 최초의 외국인 지원병 중 한 명이었다. 오웰과 그는 웃지 않으면서 농담을 하는 유머 감각이 비슷했고, 곧 친구가 된다.

오늘날까지도 아라곤에는 스페인 내전의 흔적이 눈에 띈다. 바르셀로나에서 서쪽으로 250킬로미터 떨어진 사라고사로 가는 길에 있는 평원은 야트막한 바위투성이 구릉지대 '시에라 데 알쿠비에레'에 가로막혀 있다. 그곳은 마카로니 웨스턴의 쓸쓸한 무대, 바람에 시달리는 황량한 언덕들의 연속이다. 정상에 오르기 전 마지막 오르막에 있는 표지판에 '오웰 도로Ruta Orwell'라고 쓰여 있다.

자갈길 끝에 있는 '몬테 이라소'라는 언덕 꼭대기에 당시의 공화파 진지가 하나 있다. 참호와 사격 거점이

모래주머니, 방호벽 등과 함께 복원되어 있다. 이 고지에 올라서면 공화파가 포위한 도시 우에스카로 가는 길이 보인다.

"우리는 산에서 이런 참호를 상당히 많이 찾아냈습니다." 복원작업에 앞장섰던 우에스카의 기자이자 역사가 빅토르 파르도Victor Pardo가 설명한다. "POUM의 지원군들은 1936년 10월부터 1938년 3월까지 오랫동안 이 진지들을 차지했죠. 참호를 파고 은신처와 토치카 등을 마련할 시간이 있었습니다. 이 유적의 보존 상태가 훌륭한 것을 보고, 우리는 몬테 이라소가 당시 사라고사로 가는 옛길을 굽어보는 전략 요충지의 전투 진지 모습이 어땠는지를 짐작하게 해주는 훌륭한 예라고 판단했습니다."

빅토르 파르도는 이 시기의 내전 상황과 관련된 자료들을 모아《오웰, 우에스카에서의 커피 한 잔Orwell, Toma café en Huesca》이라는 책을 출간했다. 도시를 함락한 뒤 커피 한 잔 마시러 가자고 말하며 서로를 독려하던 공화파 병사들의 표현에서 따온 제목이다. "아라곤 전선은 전쟁이 가장 치열했던 곳은 아니지만, 바르셀로나를 보호하는 전선이었기 때문에 중요했습니다. 공화파는 우에스카 시를 함락하고자 했지만 끝내 뜻을 이루지 못했죠."

전선의 생활 여건은 혹독했고, 스페인의 겨울은 야만적이었다. 오웰은 이렇게 썼다. "참호전에서는 다섯 가지가 중요하다. 땔감, 식량, 담배, 양초, 그리고 적이다. 겨울의 사라고사 전선에서는 이 다섯 가지가 이 순서대로 중요했다." 똥 냄새가 불편사항에 추가된다. "전쟁의 가장 본질적인 경험 중 하나는 사람이 만들어내는 역겨운 냄새들에서 절대 벗어날 수 없다는 것이다."[12] 나중에 오웰이 《1984년》에 그려내는 쥐 공포증도 아마 이 시기에서 비롯되었을 것이다. "내가 그 무엇보다 두려워하는 것이 하나 있다면, 그것은 어둠 속에서 쥐가 내 몸 위로 지나가는 것이다." 훗날 그의 동료 중 한 명이 어느 날 밤 오웰이 진저리치며 그 설치

---

12) 《스페인 내전 회고》, 1942.

동물에게 권총을 발사한 일을 전하게 된다.

프랑코 장군파의 진지는 POUM의 진지에서 약 1킬로미터 떨어진 곳에 있다. 순찰과 초계근무 등 전쟁의 일상이 자리 잡았다. 밤에는 무인지대에서 정찰을 하거나 감자를 캐는 등 야간 임무를 수행했다.

오웰은 밤에 동료들과 함께 적의 전선을 향해 기어간 일화를 이야기한다. 동이 틀 무렵 그는 프랑코 장군파의 전령傳令 하나가 손으로 바지를 움켜쥔 채 참호 밖으로 달려나가는 것을 보았다. 오웰은 그를 겨냥하지만 방아쇠를 당기지는 않는다. "내가 방아쇠를 당기지 않은 이유 중 하나는 그의 바지 때문이었다. 나는 파시스트들을 사살하러 왔으나 자기 바지를 붙잡고 있는 남자는 파시스트가 아니다. 그는 인간이다. 우리와 같은 개인이다. 그런 사람에게는 방아쇠를 당길 마음이 들지 않는다."[13]

오웰은 하사, 혹은 '카보cabo'로 임명되어 열두어 명

---

13) 같은 책.

의 초병을 지휘한다. 이 지원병 부대에서 규율은 개인적이다. 지휘자가 내리는 명령 하나하나가 타당해서 부하들이 수긍할 수 있어야 한다. 적과 몇 차례 총격을 주고받기도 했지만 전쟁은 무엇보다 기나긴 기다림이었다.

오웰의 대대장 조르주 코프는 빈정거리듯이 말한다. "이것은 전쟁이 아니야. 어쩌다 가끔 사람이 죽어 나가는 희가극이지." POUM의 의용군은 금방 고장 나는 낡은 소총과 부실한 탄창을 소지했다. 오웰은 이렇게 말한다. "다행히도 적이 매우 대담하지는 않았다. 우리 진지가 배드민턴 라켓을 든 스무 마리의 늑대에게도 함락될 수 있을 것 같던 밤들도 있었다."

그의 아내 아일린이 2월 중순에 스페인으로 와 바르셀로나에 있는 ILP 사무실에서 비서로 일한다. 그녀는 전선으로 그를 방문한다. 키가 1미터 90센티미터에 달하는 오웰의 모습은 별난 데가 있었다. 그는 벨벳 승마바지를 입고, 각반을 차고, 커다란 구두를 신었다(영국에서 만든 구두로 스페인에는 없는 치수였다). 게다가 몸에 꼭 맞는 노란 가죽 재킷을 입고, 밤색 방한모를 쓰고, 커다란 스카프를 귀까지 덮게 두르고, 낡은 독일제 소총을 들고, 허리에는 수류탄을 찬 모습이었다. 그의 분대는 마스코트로 개 한 마리를 길렀는데, 개 옆구리에 페인트로 'POUM'이라고 써놓았다.[14]

전선에 있을 때만큼 오웰이 행복했던 적은 없었다. 영국이나 프랑스에서 서민과 관계를 맺고자 했던 그의 시도들은 실패하기 일쑤였다. 하지만 이곳에서는 난생처음으로 동료들에게 완전히 받아들여진다. 그 지원병들은 동료가 스페인 출신인지 외국 출신인지, 어떤 사회 환경에 속하는 사람인지 전혀 신경 쓰지 않았다. 아무도 그의 '올드 이토니언' 억양에 주목하지 않았다. 영국과 그곳의 엄격한 계급체계가 아주 멀게 느껴졌다.

오웰은 이렇게 쓴다. "의용군에서 보낸 그 몇 달이 내게는 큰 가치가 있었다. 스페인 의용군은 계속 그렇

---

14) 버나드 크릭, 앞의 책.

게 존속하는 한에는 일종의 계급 없는 사회의 축소판이었다. 아무도 자기 이익에 급급해하지 않는 공동체, 모든 것이 부족하지만 특권이나 아첨 따위는 찾아볼 수 없는 그 공동체 속에서 우리는 사회주의의 서막을 막연하게나마 감지했던 것 같다."[15]

이어서 그는 이렇게 덧붙인다. "물론 당시에는 내 마음속에서 일어나고 있는 변화를 거의 의식하지 못했다. 내가 주로 느낀 것은 주위의 다른 사람들과 마찬가지로 권태, 더위, 추위, 더러움, 이虫, 궁핍, 이따금 닥쳐오는 위험 따위였다. 그러나 지금은 사뭇 다르다. 당시에는 그토록 무익하고 지루할 정도로 평온하게 느껴지던 시기가 지금의 내게는 매우 소중하다. 그 시기는 내 인생의 다른 시기들과는 많이 달라서, 보통은 오래된 기억에서나 생기게 마련인 마술 같은 속성을 지니게 되었다."

하지만 오웰의 기억에 가장 오래 각인된 경험은 아

---

15) 조지 오웰, 《카탈루냐 찬가》.

라곤 전선이 아니라, 그 전선에서 3개월 반을 보낸 후 처음으로 허가를 받아 되돌아간 바르셀로나에서 펼쳐진다. 거기서 그는 1937년 5월 사태라는, 스페인 내전에서 가장 복잡한 에피소드 중 하나를 목격하게 된다.

공화파 진영 내에서 무정부주의자와 공산주의자 사이에 긴장이 고조되고 있었다. 친소련 공산주의자들의 지지를 받는 공화파 정부는 전쟁을 위해서라는 명분으로 무정부주의자들의 무장을 해제하기로 결의한다. 5월 3일, 경찰과 공산주의자들은 CNT가 점령하고 있던 카탈루냐 광장의 전화교환소를 탈취하려고 한다. 또한 공산당은 모스크바의 통제에서 벗어나 있는 POUM 역시 제거하려고 한다. 총성이 울리고 과거의 동맹군이 적이 되어 바르셀로나 거리에서 전투를 시작한다. 공화파 진영이 분열하여 내전 속의 새로운 내전, 동족상잔에 돌입한다.

바로 그 시기에 전선에서 도착한 오웰은 람블라스 거리에 있는 POUM 사령부 '레닌의 집casa de Lenin'을 방어하는 작전에 동원되었다. 이 작전을 지휘한 조르주 코프는 그에게 거리 반대편의 '폴리오라마' 극장 지붕 위에 올라가 대기하라고 말한다. 하지만 어떤 공격도 없다. 오웰은 펭귄 문고의 범죄소설을 읽고 바로 옆에 있는 시장 '라 보케리아'에서 구매한 치즈를 먹으며 시간을 보낸다.

며칠 후 전투가 중단된다. 하지만 POUM 및 CNT와 공산주의자들 간의 단절은 확고해졌다. 이 일은 오웰의 머릿속에 깊이 각인된다. '폴리오라마' 극장 지붕 위에서 범죄소설을 읽으며 보낸 사흘이 그에게는 개인적이고 정치적인 에피파니epiphany[16]였다. 그 극장 지붕에 올라갈 때의 지원병 에릭 블레어와 거기서 내려올 때의 그는 더는 같은 사람이 아니었다. 그는 파시스트들을 쳐부수는 임무를 띠고 배치되었는데, 이제 자기 진영으로부터 배반자로 비난받는 처지가 된 것이다. 오웰은 한 번도 전체주의 체제하에서 살아보지 않았지만, 며칠 사이에 그 근본적인 매커니즘과 거짓

---

16) 숨은 진실의 출현―옮긴이.

말의 중요한 역할을 깨달았다. 특히 그는 현실이 완전히 변해버리고 진실이 사라지는 것을 보고 충격을 받았다. 그는 "바르셀로나 전투에 대해 완벽하게 정확하고 편견 없는 이야기를 한다는 것은 절대 불가능하다. 필요한 기록이 존재하지 않기 때문이다. 미래의 역사가들은 다량의 비난 문건과 정당 선전물 외에는 검토할 자료가 없을 것이다"[17]라고 썼다.

며칠 뒤에 오웰과 코프는 다시 전선으로 떠난다. 오웰은 전선에 오래 머무르지 않는다. 1937년 5월 20일 아침, 키 작은 스페인 사람들에 맞게 파놓은 참호 위로 솟아오른 그의 윤곽이 적 사격수의 표적이 된다. 총알 하나가 그의 목을 관통한다. 그는 특유의 약간은 초연하면서도 명확한 어조로 자신이 입은 부상에 관해 이야기한다. "총을 맞는 경험은 매우 흥미로워서 자세히 묘사할 가치가 있을 것 같다. 아침 9시, 흉벽 한쪽 구석에서 있었던 일이다. 아침 5시는 늘 위험한 시간이었

---

17) 앞의 책.

다. 동이 트면서 해를 등지게 되기 때문이다. 흉벽 위로 머리를 내밀면 하늘을 배경으로 머리 윤곽이 뚜렷이 드러났다. 나는 보초들에게 교대 준비를 하라고 이야기하고 있었다. 무슨 말인가 하는 도중에 갑자기 어떤 느낌이 왔다. 무척 생생하게 기억하지만, 그 느낌을 말로 표현하기는 대단히 어렵다. 개략적으로 말하면 폭발 한가운데 서 있는 느낌이었다. 쾅 하는 큰 소리와 함께 사방에서 빛이 번쩍거려 앞이 보이지 않았다. 나는 엄청난 충격을 느꼈다. 통증은 없었다. 매우 격렬한 충격을 느꼈을 뿐이다. 몸이 전극에 닿았을 때 같은 느낌과 동시에 완전한 무력감을 느꼈다. (…) 아마 벼락을 맞을 때의 느낌이 이렇지 않을까 싶다. 나는 총에 맞았다는 것을 즉시 알았지만, 바로 옆에 있는 소총이 오발사되어 맞은 줄 알았다. (…) 다음 순간 나는 무릎이 꺾이면서 쓰러졌다. 머리가 땅에 부딪히면서 쾅 하는 소리가 났다. 그러나 다행히도 다치지는 않았다." [18]

총알은 그의 후두 바로 아래를 관통해 경동맥을 1밀리미터 비켜나 목 오른쪽으로 빠져나갔다. 후방으로 이송된 오웰은 그 부상에서 기적적으로 회복하고, 공화국 병원의 많은 부상자를 죽어 나가게 한 감염도 모면한다. 부상에서 회복한 후에는 POUM을 떠나 국제 여단에 가담하여 마드리드로 가서 싸우기로 마음먹는다. 그는 동원 해제 명령서를 가지러 마지막으로 다시 한번 아라곤 전선으로 간다.

1937년 6월 20일, 며칠 떠나 있었던 바르셀로나로 돌아온 그는 컨티넨탈 호텔 홀에서 아내 아일린과 재회한다. 그녀는 환한 미소로 그를 맞이하며 포옹한다. 하지만 그를 꼭 껴안으며 그의 귀에 절박한 경고의 말을 속삭인다. "떠나! 여기 머무르지 마!"

이제 공산주의자들은 반동 단체들을 끝장내려 든다. 오웰이 의병 휴가를 보내는 동안 POUM은 공화국 당국에 의해 불법 단체로 선포되었다. 바르셀로나에 있는 당사가 경찰에 포위되었고 당원들은 투옥되었다. 조르주 코프도 체포되었다. 안드레우 닌은 NKVD의

---

18) 같은 책.

스페인 감옥에서 실종되어 그후 영원히 돌아오지 않았다.

공산주의 선전의 영향으로 좌파 언론은 POUM을 프랑코 장군파의 제5열이라고 비난하고 소속 대원들을 장군파에 매수된 반역자들이라고 비난한다. 오웰도 추적 대상이었지만 그는 추적을 따돌린다. 밤에는 교회의 폐허에서 자고, 낮에는 아일린과 함께 외국인 부부 행세를 한다. 하지만 그런 와중에도 우정과 당국의 부주의에 기대어, 감옥에 있는 조르주 코프를 방문하기도 한다. 코프는 자신이 사형당할 거라고 생각한다. "나는 총살당할 거야." 그는 웃으면서 오웰에게 말한다. 코프는 공산주의자들의 감옥에서 끔찍한 고문을 받는다. 쥐들이 들끓는 지하실에 열이틀 동안 갇혀 고문을 당하지만, 그는 파시스트들의 첩자 노릇을 했다는, 고문자들이 얻어내려고 하는 자백서에 서명하길 거부한다. 모두의 예상을 깨고 코프는 생존하며, 이듬해에 벨기에 측의 요청으로 석방되어 외인부대에 참여한다.

오웰도 도주에 성공한다. 아직은 그의 인상착의가 모든 경찰서에 전달되지 않은 상태였다. 1937년 6월 23일, 스페인 도착 후 거의 6개월이 지난 날에 그는 아일린과 함께 기차로 프랑스 국경을 넘는다.

이 경험은 그를 정치적으로 변화시켰다. 자신이 연대하여 싸운 공화파 진영에 쫓기고 옛 동료들로부터 배반자라는 비난을 들은 오웰은 좌파 전체주의 역시 우파 전체주의 못지않게 무서운 것이 될 수 있다는 사실을, 공산주의 스타일과 방법도 결국 파시즘과 차이점보다 공통점이 더 많다는 사실을 깨닫는다. 영국 잡지 〈뉴 스테이츠먼〉의 주간이 스페인 내전에 관해 쓴 오웰의 기고문 결론이 자신들의 정치 노선과 모순된다는 이유로 그의 기고문 게재를 거부하는 것을 보면서, 오웰은 진실이 자신의 이념과 어긋날 때는 그 진실을 감추는 편을 택하고 겉으로는 자유에 대한 사랑을 떠벌리나 사실은 축출과 손가락질과 추방을 즐겨 행사하는 좌파의 나쁜 버릇들도 알게 된다.

"전쟁보다는 특히 5월 사태가 오웰에게 깊이 각인

되었지요."[19] 바르셀로나의 폼페우파브라 대학교 영문학 교수 미켈 베르가가 설명한다. "이때의 경험이 정치적으로나 문학적으로 그를 변화시켰고 차후 그의 작품에 영향을 미칩니다. 그가 스페인에서 보낸 6개월 동안 상당히 놀라운 일련의 사건들을 체험했다는 사실을 인정해야 합니다. 그는 1936년 크리스마스에 스페인에 도착해 1937년 1월에 전선으로 파견되었다가, 가까스로 살아남아 그해 6월에 떠나옵니다. 무엇보다도 그는 개인적 악몽을 겪었습니다. 자신이 지켜주러 온 자들에게 추격당하는 신세가 되었죠."[20]

수첩들을 NKVD에 압수당하고[그 수첩들은 KGB와 그 후신 FSB(러시아연방보안국)의 본부인 모스크바 루비앙카 문서보관소에 아직 보관되어 있을 것이다] 빈손으로 영국에 돌아온 오웰은 기억에 의지해《카탈루냐 찬가》를 집필한다. 책에서 그는 내전의 전반적 전

---

19) 저자와의 대담, 바르셀로나, 2018.
20) 같은 글.

개에 대해서는 비교적 암시적으로 서술하고, 그가 처음 머문 전선의 상황과 바르셀로나 5월 사태, 공산주의 박해자들을 피해 달아난 도주 행각 등 스페인에서 보낸 6개월에 관해 꼼꼼히 서술한다.

"훌륭한 제목이지만 약간 기만적이기도 합니다." 베르가 말한다. "어쨌든 카탈루냐에 대한 언급은 거의 없는데다 별로 찬양하지도 않으니까요. '내가 카탈루냐에서 보낸 나날들에 대한 찬가'라는 제목이 좀 더 정확했을 겁니다. 하지만 그의 증언은 놀라운 자료적 가치를 지니고 있습니다. 당시에 쓰인 다른 많은 글은 이제 케케묵은 글이 되고 말았지만, 그의 책은 지금 읽어도 열정에 사로잡히게 만듭니다. 그는 선전에 굴하지 않고 사실들을 정립하고자 하면서 모든 선입견에 맞섰습니다. 그래서 스스로 강력한 적들을 만들기도 했죠."

하지만 이 책은 그의 출판인에게 거부당한다. 열혈 좌파 투사 빅토르 골란츠는 이 책이 스페인 공화국의 명분에 해가 될 위험이 있다고 생각했다. 그래서 책은 결국 1938년에 다른 출판사에서 출간되었지만 잘 팔리지 않았다. 초판 1500부가 12년 후 오웰이 사망할 때까지도 다 팔리지 않았다.

이 스페인 일화는 공산주의의 선전이 POUM을 가차 없이 축출해야 할 배신자들의 단체로 탈바꿈시켜 불법화한 일과 더불어, 10여 년 뒤 오웰이 그의 가장 유명한 책《1984년》을 쓸 때 영감을 준다. 그가 목격한 '선전에 의한 역사 다시 쓰기'의 무서운 경험은 소설의 주인공 윈스턴 스미스가 일하는 진리부眞理部의 활동 모델이 된다. 그의 대대장 조르주 코프는 스미스의 가짜 친구 오브라이언이라는 인물의 착상에 일부 영감을 주고, 코프가 공산주의자들의 감옥에서 당했던 고문은《1984년》의 주인공이 받은 고문 묘사에 영감을 준다. 오세아니아 체제가 조직한 '증오의 시간'에 동원된 인민들에게 망신을 당하는 배신자 임마누엘 골드스타인은 안드레우 닌과 트로츠키에게서 많이 따왔다.

오늘날 바르셀로나는 더이상 혁명의 수도가 아니

라 관광의 수도다. 전 세계에서 몰려와 바퀴 달린 캐리어를 포도 위로 끌고 가는 관광객들이 무장한 혁명가들 무리를 대체했다.

내전은 스페인과 카탈루냐에 깊은 상흔을 남겼지만, 7부바지 차림의 군중은 그 전쟁에 별 관심을 보이지 않는다. 그래도 역사 애호가나 해변 풍경에 지친 구경꾼들에게 혁명기 바르셀로나의 흔적들을 발견하게 해주는 여행가이드들이 아예 없는 건 아니다. 당시에 대해 책을 한 권 쓰기도 한 닉 로이드Nick Loyd는 카탈루냐 여성과 결혼한 영국인이다. 그는 매일같이 카탈루냐 광장에서 출발해 람블라스 거리를 따라 내려가 고딕 지구까지 가는 도정으로 자신의 여행객 무리를 안내한다.

오웰 체류 당시의 건물 대부분이 아직 그대로 있다. 대부분은 간판만 바뀌었다. 카탈루냐 광장 서쪽 모퉁이에 있던 전화교환소 건물은 지금도 예전 그대로다. 1936년 여름의 그 실패한 쿠데타 때 CNT-FAI의 무정부주의자들이 차지했고 그후 1937년 5월에는 공화파

정부가 통제권을 되찾으려 해서 격렬한 전투의 대상이 되었던 이 전략적 건물은 현재 휴대전화 회사 '모비스타'의 본사로 쓰이고 있다.

광장의 다른 편에 있는, 혁명 당시 바르셀로나의 또 다른 주요 건물이었던 '콜론' 호텔에는 현재 전화기와 컴퓨터를 파는 가게가 입점해 있다. 오웰 체류 당시 건물 정면을 장식했던 레닌과 스탈린의 초상화와 혁명 슬로건은 국제적 엠블럼으로 대체되었다. 붉은 깃발들 대신 미국 유명 전자제품 브랜드의 흰 사과 로고가 보란 듯이 붙어 있다.

람블라스 거리를 따라 내려오다가 얼음 가게와 샌드위치 상점 사이에서 기억 없는 행복한 세계화에 의해 지워진 과거의 흔적들을 찾아보아야 한다. 어느 벽에 붙은 표지판 하나가 그곳이 바로 안드레우 닌이 체포되기 직전 마지막으로 목격된 장소임을 알려준다.

122번지에 있던 '팔콘' 호텔은 지금은 사라지고 없다. 오웰이 바르셀로나에 왔을 때 찾아갔던 옛 POUM 사령부는 청바지 가게로 대체되었다. 건물 위층들은

'시타딘'이라는 이름의 주거공간이다. 하지만 몸을 돌려 거리 반대편을 보면 1937년 5월 사태 때 오웰이 진을 쳤던 '폴리오라마' 극장이 보인다. 지금은 플라멩코 공연이 열리고 있지만, 오웰과 그의 동료들이 사흘간 머물렀던 지붕 위로 올라가려면 특별 허가를 받아야 한다.

오웰의 국제적 명성을 고려할 때, 세계적 관광명소인 이 도시에서 오웰에게 바치는 경의의 흔적을 전혀 찾아볼 수 없다는 것은 좀 이상하다. 오웰이 자주 드나들었던 카페 '모카'는 밝은색 내장재와 강철 기둥, 오렌지색 필라멘트 전구, 종 모양의 유리 덮개를 덮어놓은 치즈 케이크 등 모든 것이 현대식으로 장식되어 있다. 종업원 하나가 약간 당황한 기색으로 설명한다. "조만간 지하에 오웰 실을 마련해 책과 초상화를 비치해둘 예정입니다."

결국 오웰은 바르셀로나에서 여전히 애매한 인물로 남아 있는 것이다. "공산당을 중심으로 구조가 짜인 반反프랑코 장군파 좌익은 그를 높이 평가한 적이 없어요." 미켈 베르가가 설명한다. "초판이 다 소진되지 않은 그의 《카탈루냐 찬가》는 2003년에야 스페인어 번역본이 나왔습니다. 프랑코가 죽은 지 28년이 지나서 말입니다! 지금도 일부 대학교수들은 그의 이름을 들먹이길 꺼립니다. 오웰이 진영 내부의 분열을 이야기하고 공산주의의 전체주의를 고발했기 때문에 지금도 그를 공화파의 명분을 배반한 반역자로 여긴다는 듯이 말입니다."

그렇긴 하지만 1987년 바르셀로나 시청은 고딕 지구에 오웰 광장을 만들기로 결의했다. 아이러니하게도 그곳에는 바로 몇 주 뒤 열릴 올림픽 경기에 대비해 이 도시에서 최초로 감시 카메라가 설치되었다.

스페인 내전은 대부분 사람들의 기억에서 지워졌다지만, 오웰이 거기서 끌어낸 성찰들은 21세기 초에도 여전히 타당한 것으로 여겨진다. 내전과 이념전쟁의 혼합체인 동시에 열강들의 전쟁터가 된 시리아 내전은 오웰 시대의 스페인 내전이 그랬듯이 서양의 지식인들과 정치 책임자들을 갈라놓고 있고, 정보 조작과 진실 은폐에 관한 그의 보고서들은 가짜 뉴스가 판치는 우리 시대에 전적으로 유효하다.

전쟁과 폭력에 관해 그가 하는 이야기들도 마찬가지다. 결국, 매우 건전한 것으로 판명된 그 이야기들 역시 아직 현실성을 그대로 간직하고 있다. 전장에서 싸운 사람들이 그러듯, 오웰은 선전자들이 하는 전쟁 예찬이나 안전하게 대피소에만 머무는 사설 기자들도 싫어하지만, 투덜거리는 평화주의자들도 경멸한다. "우리는 너무 문명화되어 한 가지 자명한 사실을 깨닫지 못한다. 진실은 아주 단순하다. 살아남기 위해서는 싸워야 하고, 싸우기 위해서는 자신을 더럽혀야 한다. 전쟁은 악이지만, 대개는 최소한의 악이다. 칼을 뽑는 자는 칼에 죽지만, 칼을 뽑지 않는 자들은 역겨운 질병으로 죽는다. 이런 평범한 사실이 글로 쓰일 필요가 있다는 사실은 오랜 세월에 걸친 금리 자본주의가 우리를 어떻게 만들었는지를 말해준다."[21]

지식인과 미디어에 대한 그의 경계심 역시 경험을 통해 견고해진다.

"그때 나에게 깊은 인상을 주었고 지금까지도 계속 깊은 인상을 주는 것은 사람들이 오로지 정치 성향에 따라 잔혹 행위들을 믿고 안 믿고 한다는 사실이다. 모두 적이 범한 잔혹 행위는 믿지만 자기 진영이 범한 잔혹 행위는 믿지 않으며, 그 증거들을 살펴볼 생각조차 품지 않는다."

---

21)《스페인 내전 회고》, 1942.

# 6. 주라 섬의 로빈슨 크루소

드물게 오는 방문객들은 아래층 부엌에서부터 격렬한 타자기 소리를 듣게 된다. 위층에서 조지 오웰이 바다가 보이는 창문 앞 작은 테이블 앞에 앉아서 혹은 잠옷 차림으로 침대에 누워, 폐가 병들었는데도 줄담배를 피우며 새 책을 집필하고 있다. 그는 출판사에 "이건 미래에 관한 소설"이라고 말했다. 임시로 붙인 제목은 '유럽의 마지막 인간'이다. 그의 마지막 책이 될 소설이기도 하다.

이 소설을 쓰기 위해 오웰이 자리 잡은 곳은 스코

틀랜드 끄트머리다. 그는 1946년 여름부터 이너헤브리디스 제도의 주라 섬 북쪽에 있는 작은 농가 반힐에 머무르며 집필에 몰두한다. 영국의 섬들 중 이곳만큼 접근이 어려운 곳을 찾기는 쉽지 않다. 스코틀랜드와 주라 섬 사이에는 정기적으로 오가는 연락선이 없다. 먼저 인근의 아일레이 섬으로 가서, 주라 섬의 주요 마을인 크레이그하우스로 가는 페리를 타야 한다. 거기서 다시 50킬로미터를 가야 반힐에 이른다. 마지막 10킬로미터는 종종 가시덤불에 뒤덮이곤 하는 흙길이다.

그러고 나면 마침내 골짜기에 숨은 하얀 집 한 채가 나타난다. 초원과 키 큰 고사리들에 둘러싸여 바다를 마주 보고 있는 집이다. 섬들 사이로 밀려드는 강력한 물살이 시커먼 수면에 주름을 만든다. 스코틀랜드 연안은 해협 건너편 연안과 단절되어 있다.

반힐에 왔을 당시 오웰은 한창 유명 작가가 되어가는 중이었다. 《동물농장》의 출간으로 난생처음 성공을 맛보았다. 사육장에서 혁명이 일어나 곧바로 폭정으로 표류하는 내용을 그린 이 우화는 전해에 출간되어 잘 팔리고 있었다. 돈도 제법 벌기 시작한다. 하지만 대략 이 정도가 그 시기 그의 삶에서 유일한 희소식이다.

얼마 전에 아내 아일린이 자궁종양 수술 도중 세상을 떴다. 입양한 두 살짜리 아들을 혼자서 키워야 하는 처지다. 그의 건강 상태도 몹시 나쁘다. 잦은 기관지염으로 몸이 쇠약해진 상태인데, 얼마 지나지 않아 결핵이 상당히 진행되었다는 진단을 받게 된다. 심한 흡연이 증세 완화에 도움이 될 리 만무하다.

오웰이 주라 섬을 알게 된 것은 가족이 이 섬에 토지를 소유한 〈옵저버〉 편집장 데이비드 애스터David Astor 덕분이다. 오웰은 소설도 집필하고 자신이 협력하는 언론들의 청탁도 뿌리칠 수 있고 폐에 악영향을 주는 런던의 스모그에서도 벗어날 수 있는 장소를 구하고 있었다. 그는 한 친구에게 보낸 편지에 이렇게 적는다. "나 자신의 이익을 위해 런던을 떠나고 싶네. 언론이 난리를 쳐대서 말이야. (…) 다른 책을 한 권 쓰고 싶은데, 그러자면 사람들이 나에게 전화를 할 수 없는 장소에서 (…) 조용하게 보낼 수 있는 시간이 적어도 6

개월은 필요하다네." 그가 생각하기에 주라 섬은 탁월한 선택지였다. 당시에는 런던에서 방문객이 그 섬까지 오는 데 이틀이 걸렸다. 지금도 반힐에 가는 가장 빠른 교통수단은 배다. 만화 《탱탱의 모험》 중 〈검은 섬〉에서 막 튀어나온 듯한 80대의 늙은 선원 던컨 필립스Duncan Phillips가 틈틈이 사람들을 크로브헤이븐의 작은 항구에서 주라 섬까지 배로 실어다주는 일을 한다. 바람이 잔 날에는 작은 배의 항적이 매끄러운 검은 수면에 지퍼를 여는 것 같다.

주라 섬 북단에 도착해 아주 작은 선착장에 내리면 반힐 북쪽 1킬로미터 지점, 긴 해초들이 잿빛 물속에서 헤엄치는 작은 만에 이르게 된다. 바다표범 한 마리가 호기심이 동한 듯 수면에 고개를 내밀고 수염 너머로 이방인들을 관찰한다. 반힐의 소유주는 데머리스와 제이미 플레처 부부Damaris and Jamie Fletcher다. 어린아이 같고 좀 엉뚱한 데가 있는 제이미는 조지 오웰에게 이 농가를 세놓았던 가족의 후손이다. 그의 아내 데머리스 '밈시' 플레처는 멜빵바지를 입은 금발의 요정 같다. 플레처 부부는 스털링 인근 농가에서 살면서 정기적으로 반힐에 머문다. 그들은 이 외진 곳을 좋아하지만, 이런 곳은 생필품을 잘 준비해놔야 한다. 먹을 양식과 생활용품과 갖가지 집기 등 모든 것을 이곳 반힐로 챙겨와야 한다. 빠뜨린 것이 있으면 섬의 식료품점까지 험한 길을 왕복 100킬로미터나 다녀와야 한다.

농가는 오웰이 살던 당시와 실질적으로 달라진 것이 없었다. 방들이 작고 투박하며, 좁은 창문들은 초원이나 바다를 향해 나 있다. 이탄 맛이 나는 오렌지색물이 옛날식 수도꼭지에서 흘러나온다. 이가 빠진 도기 욕조는 오웰이 사용했던 그 욕조다. 전등은 발전기를 돌릴 때만 불이 켜져서, 배나 자동차로 기름을 실어와야 한다. 난방은 석탄 화덕과 연결된 관을 통해서만제공된다.

플레처 부부는 간간이 반힐을 세놓곤 하지만, 이 정도로 외진 곳인 줄 미처 몰랐던 휴양객들의 불평에 지쳤다. 그래서 데머리스는 입주 신청자들을 만류하는경우가 종종 있다. "저는 방문객들에게 미리 경고해주려고 하는 편이에요." 그녀가 말한다. "이곳의 생활 여건에 당황하는 사람들이 종종 있거든요. 유난히 불쾌했던 한 세입자가 위생 문제로 고소를 한 일도 있답니다. 샘물이 정수되지 않았다고 말이에요. 그 일 이후 수도꼭지마다 작은 알림판을 달아야 했죠."

하지만 오웰은 1946년 초여름 반힐로 옮겨왔을 때 세상으로부터 동떨어진 이곳 생활에 몹시 기뻐한다. 그는 아들 리처드Richard 그리고 돌보미로 고용한 젊은 여자 수전 왓슨Susan Watson과 함께 이곳에 온다. 섬의 주민들은 병약해 보이고 슬픈 표정을 한 이 키 큰 신사를 에릭 블레어라는 이름으로만 안다. 소설을 쓰지 않을 때는 정원을 가꾸기도 하고, 채소를 심기도 하고, 방충 작업을 하기도 하고, 엽총을 들고 토끼 사냥도 하고, 모터 달린 작은 배를 타고 게 낚시를 하러 가기도 한다.

주라 섬의 기후는 건강에 나쁘지 않았다. 어쨌든 그의 폐에는 스모그에 오염된 런던의 기후보다 훨씬 더 좋았다. 하지만 외진 곳이라는 점은 좀 문제가 되었

다. 반힐에는 전화가 없는 데다, 섬을 통틀어 의사라고
는 크레이그하우스에 사는 연로한 임상의 한 명뿐이었
다. 몇 달 뒤 여동생 에이브릴이 그와 함께 살러 온다.
그녀는 곧바로 수전 왓슨을 내쫓는다. 그녀가 오빠 곁
에 있는 꼴이 보기 싫어서다. 젊은 상이용사 빌 던스Bill
Dunns가 농가 일을 도와준다.

주라 섬에서 자란 제이미 플레처는 당시 너무 어려
서 조지 오웰은 기억하지 못해도 에이브릴에 대한 추
억은 간직하고 있다. "좀 무서웠죠. 신체적으로 오빠를
많이 닮았어요. 콧수염까지도요."

플레처 부부는 1년에 한 차례 오웰 협회의 방문을
받는다. 반힐로 순례를 오는 오웰 팬들로 구성된 협회
다. 제이미는 자신이 '탈레반 자동차'라고 이름 붙인
사륜구동 픽업트럭을 몰고 작은 선착장으로 가서 방
문객들을 맞이한다. 배 두 척이 섬을 한 바퀴 돌고는
선착장으로 다가온다. 구명조끼를 걸친 40여 명의 오
웰 협회 회원들이 사다리를 타고 꽤 날렵하게 차례로
하선한다. 그들은 주머니가 달린 바지, 기능성 소재의

셔츠, 통풍이 되는 그물 모자 등 여행객 차림에 늘였다 줄였다 할 수 있는 지팡이를 들고 있다. 오웰 협회의 총무는 오웰이 아일린과 함께 입양해 이곳 반힐에서 함께 살았던 아들 리처드 블레어다. 지금 그는 유쾌하고 친절한 70대 노인이다. 원정 주최자는 오웰이 스페인 내전 당시 POUM 진영에서 싸울 때 부대 지휘관이자 친구였던 조르주 코프의 아들 쿠엔틴 코프다. 넓은 챙모자를 쓴 그가 회원들에게 하선을 지시한다.

체력이 달리는 회원들은 제이미의 자동차를 타고 덜커덩거리며 반힐을 향해 먼저 출발한다. 다른 이들은 6월의 뜨거운 태양 아래에서 자신들의 영웅에 관한 담소를 나누며 걷기 시작한다. 가벼운 미풍이 풀잎을 흔들고, 토끼들은 풀밭으로 달아나고, 사슴들은 이 예사롭지 않은 활기가 무엇 때문인지 궁금한 듯 고사리 수풀 위로 고개를 내민다. 반힐에서는 데메리스가 김이 나는 큰 찻주전자와 여러 조각으로 자른 과일 케이크 쟁반을 미리 준비해두고 있다. 리처드 블레어는 오웰 협회 회원들에게 집을 둘러보게 한다. "부엌은 예전 그대로입니다만 가구들은 바뀌었어요." 제이미가 그들에게 설명해준다.

방문객들은 그런 것에는 개의치 않는 것 같다. 대부분은 자신들의 위인이 살았던 방들을 직접 방문해본다는 사실 자체에 흥분을 감추지 못한다. 방 구석구석을 살펴보고, 오웰이 글을 쓸 때 사용한 탁자가 있던 곳에 놓인 테이블을 만져본다. 그런 것들이 거장의 정신 일부를 아직 간직하고 있는 느낌이 드는 모양이다.

리처드 블레어가 부엌으로 다시 돌아와 자신의 어린 시절 추억을 이야기한다. "대개는 난롯가에서 시간을 보냈습니다. 몇 센티미터만 멀어져도 다 소용없었지만, 그래도 유일하게 좀 따뜻한 장소였으니까요." 오늘따라 날씨가 여름 같고, 태양이 주라 섬 위에서 환히 빛나고 있다. 오웰 협회 회원들은 풀밭에 앉아 리처드 블레어가 읽는 편지 내용에 귀를 기울인다. 오웰이 런던에서 반힐로 오기까지의 이틀간의 여정을 묘사한 편지다. 블레어가 마시는 커피잔에는 《1984년》의 펭귄 출판사 판 표지가 복제되어 있다.

키가 크고 마른 한 독일인이 자신의 키가 오웰의 키와 똑같다고 말한다.

한편 쿠엔틴 코프는 자기 부친이 오웰에게 고장 난 트럭을 팔았을 거라는 끈질긴 소문에 마침표를 찍고 싶어 한다. "그건 완전히 지어낸 말입니다. 그 트럭은 잘만 굴러갔어요"라고 남들이 듣거나 말거나 말한다.

제이미 플레처가 창고에서 화석이 되다시피 한 몹시 낡은 소형 오토바이의 녹슨 조각들을 꺼내자 방문객들이 몹시 기뻐한다. 주라 섬 주민들이 본 오웰의 모습은 바로 저 오토바이에 올라타고 섬의 길들을 돌아다니는 긴 실루엣이 아니었을까? 당시에는 길의 가시덤불을 제거할 때 쓰는 작은 낫 하나를 오토바이 짐받이 가방에 넣은 채 길가에 멈춰 서서 엔진의 시동을 다시 걸려고 하는 그의 모습을 보는 일이 잦았던 모양이다.

차가 담긴 주전자를 비우고 과일 케이크를 다 먹고 난 오웰 협회 회원들은 이번 오웰 순례 여행의 마지막 여정을 위해 다시 배에 오른다. 주라 섬과 이웃 섬 스카르바 사이 수로에서 발생하는 강력한 소용돌이 '코리브리컨'을 체험하는 여정이다.

이 소용돌이는 북반구에서 가장 강력한 소용돌이 중 하나다. 거의 노르웨이의 멜스트롬만큼이나 위험한 소용돌이라고 한다.

1947년 8월 19일, 오웰은 세 살 난 아들 리처드, 두 조카 헨리와 루시 데이킨을 데리고 섬 서안에 있는 글렌개리스데일 만으로 소풍을 나갔다가 밀물 시간을 착각한다. 돌아오는 길에 그들의 모터보트가 물살에 휩쓸려 소용돌이 쪽으로 빨려들어갔다. 외부에 부착된 작은 발동기가 파도에 떨어져나갔고, 오웰은 그 소형 보트를 제어하지 못하게 된다. 어린 루시 데이킨이 노를 저어 보트가 코리브리컨에 휘말려들어가는 불행을 가까스로 모면한다. 그들은 힘겹게 노를 저어 해협의 작은 무인도인 아일린 모르에 당도한다. 해변으로 접근하던 중 되밀려오는 물결에 보트가 뒤집히고 어린 리처드가 보트 밑에 끼어 꼼짝하지 못하자, 오웰이 물에 뛰어들어 아이를 구한다.

일단 뭍에 오르고 나자 오웰은 곧바로 생존 준비를 한다. 작은 섬을 탐색해 민물 샘을 찾아내고, 옷가지들을 말리기 위해 불을 지핀다. 몇 년 후 유명 수필가 시몽 레는 〈친구 오웰Orwell intime〉이라는 글에 이렇게 적는다. "소형 보트를 타고 바다로 나가야 한다면 오웰을 키잡이로 선택하지 않는 편이 낫다. 하지만 해난 사고를 당하거나 재난을 만났을 때는 그보다 더 나은 동료를 바랄 수 없을 것이다."

당시 조난자들은 해가 저물기 전에 구조되었다. 게 낚시를 하던 낚시꾼이 몇 시간 후에 그들을 발견해 주라 섬으로 실어다준다. 오웰은 일기장에 그날의 조난 사고를 아주 간단하게 기록한다. "글렌개리스데일 만까지 1시간 45분 정도의 여정. 돌아오는 길에 소용돌이에 휘말려 모두 익사할 뻔했다."

때때로 던컨 필립스는 방문객들을 그곳으로 데려간다. 주라 섬과 스카르바 섬 사이의 물길 안으로 들어가면서 "꼭 붙잡으시오!"라고 말한다. 물빛은 거무스레하고 커다란 소용돌이들은 심해에서 솟구치는 것 같다. 마치 바다 밑에 강이 있어서 배 바로 밑에서 흘러가는 듯 강력한 물살이 형성된다. 물살이 원 속에서 점점 더 빠른 속도로 회전해 수면이 움푹 파이는 광경이 뱃전 너머로 보인다. 던컨의 소형보트가 해저 급류에 휩쓸리듯 사방으로 흔들린다. 그가 보트의 강력한 모터를 최대한 추진하고 나서야 배가 급류에서 빠져나온다. "이 배가 오웰의 보트 같다면 어떤 일이 생겼을지 아시겠지요!" 그가 웃으면서 말한다.

그런 사고만 빼고 본다면 오웰의 반힐 생활은 행복한 편이었다. 이곳의 스파르타식 생활 여건은 안락에 대해 약간 피학적인 그의 생각과 잘 맞는다. 그는 거의 자급자족에 가까운 생활방식을 좋아한다. 친구들이 그를 퓨즈를 갈아끼울 줄 아는 유일한 지식인으로 묘사하긴 하지만, 오웰은 유능한 농부라기보다는 열성적인 농부라고 해야 할 것이다. 민달팽이들이 그의 상추를 먹고, 그의 조랑말은 수레에 매이려 하지 않는다. 어쨌든 경작으로 소출을 내기에는 농장이 시장에서 너무 멀리 떨어진 곳에 있다.

그가 세심하게 적어나가는 일기는 로빈슨 크루소의 일기에 가깝다. 그는 세상이 어떻게 돌아가는지에 대해 별 관심이 없다. 유럽의 절반이 소련 지배하에 있지만, 냉전의 시작이나 철의 장막 등에 대해 일언반구도 하지 않는다. 반면 반힐에서의 일상은 날씨가 어땠는지, 토끼들이 어떤 피해를 주었고, 재배하는 식물들의 상태는 어떤지, 낚시 결과는 어땠는지, 암탉들이 달걀을 몇 개나 낳았는지 등등 꼼꼼하게 기록한다.

일기 도입부는 하루도 빼먹지 않는다. 1947년 8월 23일에는 이렇게 적는다. "덥고 건조한 날씨에 가끔 바람(서풍)이 제법 분다. 비가 올 기미는 보이지 않는다. 바다는 잔잔하다. 콩을 수확한 곳에 브로콜리 25순을 심었다. 순을 심기에 아주 좋은 날씨는 아니지만, 창고에 보관해둔 지 이미 여러 날이 지났다."

하지만 오웰은 시간 대부분을 소설 집필에 바친다. 시간이 촉박하다. 기력이 쇠하는 것이 느껴진다. 결핵 요양원에서 몇 달 머문 뒤, 1948년 여름 반힐로 돌아와 원고를 완성한다. 그리고 소설에 1948년에서 마지막 숫자 둘의 위치를 바꾼 새 제목을 붙인다. 이 《1984년》이 그의 마지막 책이 된다. 병에 쇠해질 대로 쇠해져 피까지 토하던 오웰은 곧바로 주라 섬을 떠나 영원히 돌아오지 못한다. 1950년 1월 21일 그는 런던의 대학 병원에서 폐출혈로 사망한다.

오웰은 임종의 침상에서 세계적으로 유명한 작가가 되었다. 《1984년》은 출간 즉시 성공을 거둔다. 첫해에 40만 부가 팔리고 여러 언어로 번역되었다. 이 싸늘한 디스토피아는 전체주의 이데올로기의 이름으로 일당 —黨 체제가 지배하는 가난하고 음산한 영국을 묘사한다. 사람들은 '빅 브라더'라는 베일 속의 수장을 숭배하고, 사상경찰과 진리부가 가축 상태로 전락한 주민들의 지극히 내밀한 감정까지 통제한다. 주인공인 윈스턴 스미스는 저항을 시도하는 최후의 인간이지만, 그도 결국 무너지고 만다. 이 소설을 집필할 당시 오웰은 인상 깊게 읽은 책 두 권의 영향을 받았다. 올더스 헉슬리의 《멋진 신세계》와 러시아인 자미아틴이 소련을 악몽 같은 가상세계로 묘사한 《우리》이다. 그러나 그런 지옥에 대해 매우 개인적인 시각을 덧붙이다. 소설에는 냄새에 대한 예민한 감수성, 쥐 공포증 등 오웰의 온갖 강박관념들이 나타난다. 특히 결말이 무척 침울하다. 주인공은 자신을 사랑하는 여인을 고발하면서 무너지고, 그 여인 역시 그를 고발했음이 드러난다.

《1984년》의 세계는 더러운 잿빛 도시의 세계로, 그가 책을 집필한 주라 섬의 목가적인 분위기와는 완전히 상반된다. 하지만 소설이 주는 숨 막히는 듯한 느낌은 집필하는 동안 오웰을 괴롭힌 끔찍한 병마를 아프게 상기시킨다.

이 책은 오랫동안 냉전과 연결되었다. 《1984년》에 나오는 전체주의 지옥에 대한 묘사는 책 출간 당시의 소련 스탈린 체제와 완벽하게 일치한다. 하지만 소련의 몰락이 이 책의 행로에 마침표를 찍지는 못했다. 이 책은 오늘날에도 그 힘을 고스란히 간직하고 있다. 원격 조종되는 비행기들로 전투가 벌어지고 전쟁이 끝없이 일어나는 베일에 싸인 어느 먼 전선들, 몰래 염탐하는 스크린 때문에 얼이 빠지고 과거로부터 단절된 개인들을 기술과 이념이 통제하는 곳, 언어가 의미를 잃어버린 그 기계화된 도시 지옥에 대한 오웰의 우화적 묘사는 오늘날의 우리에게도 매우 불안한 울림을 준다.

주라 섬은 지금껏 한 번도 오웰의 명성을 이용해보려 한 적이 없는데, 그것은 좋게 보아야 할 일 같다. 1984년에 이곳의 한 증류주 제조소가 특별 위스키 양조통 하나에 이 소설의 제목을 붙인 정도가 전부인 것 같다.

반힐의 데머리스와 제이미는 오웰이 이 섬에 머문 일이 어쩌다 신문기사로 다뤄지면 그 기사를 오려두곤 한다. 1년 계약으로 이 농가에서 사는 제이미의 누이 클레어는 간간이 텔레비전 방송팀을 맞이하기도 한다. 하지만 그뿐, 20세기의 가장 유명한 책 중 하나가 집필된 이 농가를 찾아와 문을 두드리는 사람은 아무도 없다.

# 7. 모든 것이 오웰적이다!

오웰은 우리 안에 있다. 비디오카메라를 통한 대도시의 감시 체계, 테러리즘에 대한 미국의 끝없는 전쟁, 에르도안이 이끄는 터키의 독재적 일탈, 중국의 자본적 공산주의 체제 등 우리 시대의 모든 혹은 거의 모든 것에 오웰적이라는 수식어가 붙는다.

　강력한 온라인 판매 사이트 아마존(종종 고객들을 오웰적으로 감시했다고 비난받는)은 꾸준히 《1984년》 최고 판매치를 기록한다. 이 책은 2013년 에드워드 스노든Edward Snowden이 미국 정보부에 의한 인터넷 전면 감시(매우 오웰적인)를 폭로했을 때 최고 판매치를 경신했다. 2017년 초 도널드 트럼프의 취임(그의 정적들이 취임식에 참석한 청중 수에 관한 왜곡 보도를 매우 오웰적이라고 고발했던)도 이 소설에 대해 새로운 관심을 불러일으켰다.

《1984년》의 세계는 놀랍도록 친숙한 세계로 남아 있다. 블라디미르 푸틴의 러시아는 서양의 사회연결망들을 공공연히 오웰적으로 이용한다. 온라인 선전 공작소들이 대중의 주된 정보 소스가 된 이 망들에 침투해 미국이나 유럽의 유권자들이 어지럼증을 느낄 만큼 사실들을 위조하고, 진짜만큼이나 진짜 같은 가짜 뉴스들을 유포한다.

중국은 놀랍도록 오웰적인 사회적 평가체계를 발명해 탈선적 행태를 보이는 시민들을 고립시키고 다양한 형태의 학대와 금지를 통해 처벌한다. 《1984년》속 진리부가 그렇게 하듯이, 전복적이라고 판단되는 사건들을 지우기 위해 역사의 중요한 국면들을 통째로 다시 기록한다. 중국 국민의 대다수는 1989년의 천안문 운동과 그 유혈 진압에 관한 이야기를 한 번도 들어본 적이 없다. 중국의 인터넷에서는 그 사건에 관한 모든 사항이 말끔히 청소되어 있다. 최근 중국 당국은 당연하다는 듯《동물농장》과《1984년》에 관한 언급을 금지했다. 네티즌들이 오웰의 이 두 소설을 시진핑 주석의 임기 제한 철폐를 비판하는 데 이용했기 때문이다. 이런 사례들을 수 페이지에 걸쳐 열거할 수 있을 것이다.

미국을 필두로 서양 국가들은 인터넷을 이용한 전언을 가로채고 아무런 법적 통제 없이 수백만 사람들을 감시하면서 전면적인 스파이 활동에 몰입하고 있다.

오웰은 카프카와 더불어 19세기의 발자크처럼 이름이 상용어 속에 편입된 보기 드문 20세기 작가 중 한 사람이다. 그의 탄생 100주년이었던 2003년 미국의 〈뉴욕 타임스〉는 '오웰적'이라는 형용사가 '마키아벨리적'이라는 형용사만큼이나 자주 사용되었다는 통계를 발표했다. 이 르네상스기의 이탈리아 사상가가 5세기 선배라는 이점이 있음에도 말이다.

추가적인 특성(매우 오웰적인) 하나를 언급하자면, 이

형용사는 거의 상반되는 두 가지 의미를 나타낼 수 있다. '오웰적'이라는 형용사가 어떤 상황이나 정치 체계를 수식할 때는 그가 《1984년》에서 묘사한 미래 사회를 떠올리게 하는 터무니없고 억압적인 폭정, 공포와 순응주의를 가리킨다.

하지만 어떤 텍스트나 사상가를 수식할 때 '오웰적'이라는 형용사는 상투적인 선전 구호와 지적 순응주의에 반대되는 자유롭고 용기 있는 사상을 뜻한다.

프랑스의 논객 나타샤 폴로니Natacha Polony가 창설한 위원회 '오웰주의자들'은 오늘날의 논쟁을 종종 지배하곤 하는 유일사상에 맞서 양식을 옹호하기 위한, 그리하여 현 세계의 인간성 말살을 경고하기 위한 세력을 규합하는 중심인물로 오웰을 내세웠다.

프랑스의 국립행정학교 2015~2016년도 입학생들은 파리 테러 직후 표현의 자유를 부르짖기 위해 오웰의 이름을 앞세웠다. 영국에서는 매년 '정치적인 글을 예술로' 승화시킨 저널리스트에게 오웰 상을 수여한다. 2012년에 창설된 오웰 협회는 그의 아들 리처드 블레어의 주도하에 오웰의 작품들을 널리 퍼뜨리기 위한 이벤트를 조직한다.

2017년 11월에는 런던의 BBC 건물 앞에 오웰의 동상이 낙성되었다(직원들이 흡연 장소로 이용하던 곳으로, 골초였던 오웰이 이를 불쾌히 여기지는 않을 것 같다).

오웰의 사상은 냉전의 종식과 1989년의 소련 붕괴로 사라지기는커녕, 다른 어느 때보다 더 큰 영향력을 발휘하고 있다. 어느 쪽으로도 분류할 수 없는(즉 긍정적인 의미로 매우 오웰적인) 명철한 저자 시몽 레는 1984년에 출간한 에세이《오웰 혹은 정치에 대한 공포》에서 "이 사자死者는 우리가 조간신문에서 접할 수 있는 대다수 논평가나 정치인보다 훨씬 더 힘차고 명쾌한 어조로 지금도 계속 우리에게 말하고 있다"라고 강조한다. 그는 "이처럼 절박하게 직접 실용實用할 수 있는 작품을 쓴 작가는 한 명도 없는 것 같다"라고 말한다.

우리 시대와《1984년》의 그 무서운 세계 사이의 수많은 위험한 유사성이 다시금 그를 관심의 대상이 되게 하는 데 한몫했다. 어디에서 온 것인지 알 수 없는 미사일과 프로그램 제어 자동시스템으로 치러지는 반영구적인 전쟁들, 우리가 주머니 속에 넣고 다니는 접속된 기기들에 대한 나날이 확산하는 상시 감시, 진실로 위조되는 거짓, 새로운 이데올로기의 입맛대로 다시 쓰이는 역사 등 우리 세계의 많은 측면이 오웰의 이 작품을 직접적으로 상기시킨다.

오늘날의 사회 네트워크들에 횡행하는 집단 린치는 참으로 당혹스럽게도 진리부 직원들이 배신자 골드스타인의 모습이 방송되는 스크린 앞에 모여서 하는 '증오의 2분'을 떠올리게 한다.

"2분째로 접어들자 '증오'는 광란으로 변했다. 사람들은 스크린에서 흘러나오는 그 미칠 것 같은 염소 목소리를 덮어버리려는 듯 펄쩍펄쩍 뛰며 온 힘을 다해 고함을 질러댔다…. 갈색 머리의 자그마한 여자는 얼굴이 붉게 상기되어, 마치 뭍에 오른 물고기처럼 연신 입을 벌렸다 다물기를 반복했다. 윈스턴 뒤에 있던 갈색 머리 여자가 소리쳤다. '돼지! 돼지! 돼지!' (…) 잠시 정신을 차린 윈스턴은 다른 사람들과 함께 고함을 지르며 발뒤꿈치로 의자의 가로대를 마구 차고 있는 자신의 모습을 보았다. 이 2분의 증오가 끔찍한 것은 의무적으로 참여해 역할을 해야 하기 때문이 아니라, 오히려 거기에 휘말려드는 것을 피할 수 없다는 사실에 있었다. 30초만 지나면 어떤 가장, 어떤 회피도 소용없게 된다. 공포와 복수심이 빚어낸 그 끔찍한 도취, 죽이고 고문하고 큼직한 쇠망치로 얼굴을 깨부수고 싶은 욕망이 전류처럼 모든 사람에게 퍼져나가, 그럴 의사가 없는 사람까지도 모두 오만상을 찌푸리며 비명을 내지르는 광인으로 만들어버린다."

오랫동안 그의 유명 소설들의 그늘에 가려 대중에게 비교적 덜 알려진 작품들도 재발견되었다. 《수필집》같은 작품이 그렇다. 역설적으로(따라서 매우 오웰적으로), 그의 이런 작품들은 오늘날 근본적으로 상반되는 사유의 흐름들에 영감을 준다. 양측 모두 조지 오웰을 앞세운다. 정치적으로 작가 오웰은 늘 어느 쪽으로도 분류하기 어려웠다. 제국주의와 자본주의에 대한 사회주의자로서의 그의 고발은 좌파를 기쁘게 한다. 완고한 반공주의자로서 대중의 상식을 옹호하는 그의 태도와 애국심, 좌파 지식인들에 대한 경계심 등은 우파를 매료시킨다. 최근에는 기계화라든가 전면적인 기술적 감시, 세계의 인간성 말살 등에 대한 과거의 비판들 덕택에, 탈성장과 완전한 생태주의를 지지하는 사람들의 영웅이 되었다.

"우파가 그를 찾은 것은 최근의 일이 아닙니다. 1950년대에 CIA는《동물농장》의 만화 및 애니메이션 제작비를 대주었죠." 케뱅 부코빅투아르Kévin Boucaud-Victoire가 설명한다. 그는《보통 사람들의 작가 오웰 Orwell, écrivain des gens ordinaires》이라는 책의 저자다. "그렇게 그는 오랫동안 반전체주의에 국한되어 있다가, 그후 신용 잃은 마르크스주의에 반대하는 민주적 사회주의 옹호자로서만이 아니라 생산 제일주의에 대한 비판자로도 재발견된 겁니다."

반자본주의 좌파의 저명인사이자 자국 주권론 우파의 중심인물이기도 한 장클로드 미셰아Jean-Claude

Michéa는 1995년에 출간한 에세이 《오웰, 무정부주의자 토리당원Orwell, anarchiste tory》에서 1968년 5월의 좌파 무정부주의 이데올로기를 준엄하게 비판하면서, 오웰의 보수주의와 사회주의의 독특한 혼합을 내세웠다. 그의 생각은 당시 그 무정부주의 이데올로기가 "사회에 의한 자연의 파괴, 경제에 의한 사회의 파괴, 발전을 통제하고자 하는 여러 마피아(원문대로)에 의한 경제의 파괴"를 정당화하는 데 쓰이는 고삐 풀린 자유자본주의의 객관적 동맹이었던 것 같다는 것이다.

오웰의 작품 전체를 관통하는 생각 중 하나는 '상식적인 예의common decency'의 중요성이다. 자유는 결코 추상적 이데올로기가 아니라 오직 어떤 주어진 사회적 맥락 안에서만 존재할 수 있다는 생각, 그리고 청산과 끝없는 진보의 신봉자들에 맞서 서민 문화를 옹호하는 태도가 오웰을 보수적 생태주의와 탈성장 운동의 중심 인물로 만들었다. 미셰아는 이렇게 썼다. "이제는 일정 수준의 비판적 보수주의를 죄의식 없이 채택하는 것이 자본주의적 근대성과 그것이 우리에게 부과하려 하는 여러 종합적 생활 형태에 대한 모든 급진적 비판을 규정한다. 어쨌든 그것이 오웰의 메시지였다. 그의 '무정부주의 토리당원'이라는 관념에 새로운 '저항'의 여러 전투에서 그가 차지해야 할 철학적 자리를 마련해주는 것은 우리의 몫이다."

물론 이 같은 오웰 재해석은 다양한 반발을 낳았다. 2018년 5월 〈롭스〉에 실린 한 기사는 어쨌거나 사회주의자로 분류되었던 작가가 어떻게 나타샤 폴로니에서 에릭 제무르Éric Zemmour에 이르는 우파 혹은 우파에 동조하는 지식인들에 의해 재활용될 수 있었는지, 그리고 그의 '상식' 개념이 어떻게 끝없는 사회적 자유주의의 일탈에 맞서 가족적 가치들을 옹호하는 운동의 명분이 될 수 있었는지 자문한다(이에 대해 명확한 대답을 제시하지는 않는다).

2002년 영미계 수필가 크리스토퍼 히첸스Christopher Hitchens는 《왜 오웰이 중요한가Why Orwell Matters》에 이렇게 썼다. "오웰이 편견이라고까지는 말하지 않더라도 많은 보수적 가치를 공유했다는 사실은 부인할 수 없다. 하지만 오웰을 내세우는 것은… 어느 진영에서도 해서는 안 될 일 같다. 보수주의자들은 더 그렇다. 조지 오웰은 많은 영역에서 보수적이기는 했지만, 정치 영역에서는 그렇지 않았다.”

오웰 숭배를 유감스럽게 여기는 기사 〈나는 왜 조지 오웰이 지겨웠는가〉를 써서 논란을 불러일으킨 영국 리포터 벤 주다Ben Judah는 이렇게 말한다. “오웰 숭배는 그의 약점들을 묻게 했죠. 그의 예언 대부분이 완전히 엉터리로 판명되었습니다. 전후 영국에 사회주의 혁명이 일어날 거라는 예언 같은 것 말이죠. 유대인에 대한 그의 편견은 오늘날 제레미 코빈Jeremy Corbyn으로 대표되는 영국 좌파의 불쾌하기 짝이 없는 전통 중 하나이고요. 국가의 무한 권력에 대한 그의 강박관념 역시 종종 다국적 자본주의 앞에서 무력하기만 한 국가들의 취약함 때문에 여러 가지 문제가 제기되는 지금의 세계에서는 별 가치가 없습니다. 특히나 그는 복잡성을 거부하는 사상가입니다. 그래서 그는 다소 기술적인 이 시대의 문제들을 분석할 때 대개는 아무 쓸

모가 없죠."

오웰 협회의 쿠엔틴 코프는 이렇게 말한다. "만약 오웰이 지금 살아 있다면 어떻게 행동하거나 생각할 것 같으냐는 질문들에 우리는 대답하지 않습니다. 오웰의 지속적인 영향력은 그가 취한 입장들보다는 언어의 명쾌함과 높은 정직성 덕분입니다. 그는 열린 태도로 사실들에 임했고 주저 없이 견해를 수정하곤 했는데, 이는 오늘날에는 보기 드문 자질이죠. 그는 자신이 취한 이념적 입장이 자신에게 일러주는 것이 아니라, 자신이 눈으로 본 것을 썼습니다." 어쩌면 우리는 그저 오웰을 읽고 또 읽는 것으로 만족해야 하는지도 모른다.

## 조지 오웰 연보

**1903년**  에릭 아서 블레어Eric Arthur Blair, 영국령 인도의 모티하리에서 출생.

**1911년**  성 시프리언 기숙학교에 입학.

**1917년**  이튼 칼리지 입학.

**1922년**  버마의 영국 식민지 경찰에 입대.

**1928년**  파리에 정착.

**1936년**  공화파 진영에서 싸우러 스페인으로 감.

**1941년**  BBC 방송국 선전부에서 일함.

**1946년**  스코틀랜드 주라 섬에 정착.

**1950년**  런던에서 결핵으로 사망.

## 조지 오웰의 작품들

### 소설

《버마 시절Burmese Days》(1934)

《목사의 딸A Clergyman's Daughter》(1935)

《엽란을 날려라Keep the Aspidistra Flying》(1936)

《숨 쉬러 올라가기Coming Up for Air》(1939)

《동물농장Animal Farm》(1945)

《1984년Nineteen Eighty-Four》(1949)

### 에세이

《파리와 런던의 밑바닥 인생Down and Out in Paris and London》
    (1933)

《위건 부두로 가는 길The Road to Wigan Pier》(1937)

《카탈루냐 찬가Homage to Catalonia》(1938)

## 감사의 말

이 책은 2018년 여름 〈르 피가로〉에 실린 일련의 르포르타주를 바탕으로 집필되었다. 나는 여러 독창적인 주제에 관해 줄곧 독창적인 르포르타주를 제작하고 있는 이 훌륭한 신문에 감사하며, 특히 나를 믿고 지지해준 아르노 드 라 그랑주와 알렉시 브레제에게 각별한 감사의 마음을 전한다.

# 조지 오웰의 길

첫판 1쇄 펴낸날  2020년 11월 6일

지은이 | 아드리앙 졸므
옮긴이 | 김병욱
펴낸이 | 박남주

종이 | 화인페이퍼
인쇄·제본 | 한영문화사

펴낸곳 | (주)뮤진트리
출판등록 | 2007년 11월 28일 제2015-000059호
주소 | 서울시 마포구 토정로 135 (상수동) M빌딩
전화 | (02)2676-7117  팩스 | (02)2676-5261
전자우편 | geist6@hanmail.net
홈페이지 | www.mujintree.com

ⓒ 뮤진트리, 2020

ISBN 979-11-6111-060-8 03860

* 책값은 뒤표지에 있습니다.